DIE AUSERKORENE DES BÄREN (BOREALIS-BÄREN, BUCH 2)

VIVIAN AREND

Persönliches Tagebuch, Giles Borealis sen.

Ich schicke meinen Enkelsöhnen keine weitere Nachricht, denn ich habe diese sturen Bärenärsche bereits ermahnt, wie die Regeln aussehen, und ich wiederhole mich nicht.

Ich halte es jedoch, je älter ich werde, für nötig, ein paar Aufzeichnungen zu machen, um sicherzugehen, dass ich alle Fäden nachverfolgen kann, die ich im Spiel habe. Das Älterwerden ist ein Privileg und ein Ärgernis – die Alternative gefällt mir überhaupt nicht, aber das tut nichts zur Sache.

Zunächst möchte ich mal kurz prahlen, was man in meinem Alter Stolz nennt, und dabei belassen wir es auch. Heute Abend war herrlich. Ich hätte mir nie träumen lassen, dass der junge James der Erste sein würde, der sich zusammenreißt und sich der Herausforderung stellt. Gepaart mit sechsundzwanzig! Das ist genau das Alter, in dem ich meine Laureen kennengelernt habe, und wir sind inzwischen achtundfünfzig Jahre glücklich gepaart.

James' Partnerin Kaylee passt mit ihrer stillen, einfallsreichen Art perfekt zu seiner Begeisterung. Ich wusste, dass die beiden zusammengehören, seit ich zum ersten Mal sah, wie sie vor Jahren schon voneinander angezogen wurden. Eine Freundschaft ist die beste Grundlage für Liebe, das hat mir Laureen immer wieder gesagt. Und wer bin ich denn, dass ich mit meiner Liebsten streiten würde?

Ich weiß auch, dass eine andere Art von Partnerschaft rasch aufblüht und erstarkt. Wenn man nicht als Freunde anfangen kann, sind gute, verlässliche Feinde eine annehmbare Alternative.

Alex stimmt mir da vielleicht nicht zu ...

Was erzähle ich denn da? Natürlich würde er mir nicht zustimmen, denn er ist ein Borealis-Bär. Aber ich weiß es besser. Er ist nicht der Typ, der eine Frau akzeptiert, die ihm in etwas nachsteht. Sie muss Hirn, Muskeln und überlegene Fähigkeiten darin haben, ihn zu verschaukeln.

Er braucht eine Frau, die eine Herausforderung ist, und die, die ich im Sinn habe, passt darauf wie die Faust aufs Auge. Sie sind in jeglicher Hinsicht perfekt füreinander, nur dass es da eines gibt, das sie besser kann als er ...

Zugeben, dass sie Hilfe braucht.

Kein Borealis-Mann bittet freiwillig um Unterstützung. Meine Frau sagt, das läge daran, dass wir sture Narren sind, was auch stimmt, aber ich kenne den tieferen Grund. Wir sind nicht mutig genug, um uns verletzlich zu zeigen, nicht einmal, wenn wir es sollten, und diesen Mangel werde ich niemals laut aussprechen.

Lara Lazuli ist nicht wirklich in Lebensgefahr – ich würde auf keinen Fall dastehen und zulassen, dass sie mit so einem Problem allein fertig werden muss, ohne dazwischen zu gehen, Kuppelei hin oder her.

Nein – sie wird nur bald die Wahl zwischen Pest und Cholera haben. Sie wird die beste Lösung finden, und mein Enkel wird nicht mal kommen sehen, was ihn da erwischt.

Lara ist eine absolut umwerfende Frau. Ihre Wölfin ist eine Naturgewalt, und ich wette, noch ehe Alex es ahnt, feiern wir eine weitere Paarung in der Familie.

Auch, wenn ich ihn nicht drängen werde. Ich plane im Sommer einen kleinen Urlaub mit meiner eigenen Liebsten. Natürlich könnte die Tatsache, dass Laureen und ich uns eine schöne Zeit machen, bedeuten, dass Alex mich ein paar Mal vertreten muss. Es könnte bedeuten, dass er meinen Platz bei Ereignissen einnehmen muss, die ihn in eine perfekte Lage versetzen, um mit der besten Person zu verkehren, nach der er noch nie gesucht hat. Ereignisse wie das Meeting, in das ich ihn gerade bugsiert habe.

So, wie Alex klang, als ich vor ein paar Minuten mit ihm gesprochen habe, ist er bereits leicht verwirrt. Genau, wie ich es mir wünsche.

Aber als alter Unruhestifter findet man keinen Frieden, wie meine liebe Partnerin zu sagen pflegt. Ich bin sicher, dass ich überhaupt nicht weiß, wovon sie redet.

In der Zwischenzeit muss ich einen letzten Brief abschicken und die Dinge für den kommenden Winter und den Fall meines letzten Enkels vorbereiten. Dann liegt es am Schicksal und am Paarungsfieber, die Sache nun für Alex und später für Cooper zu Ende zu bringen.

Wenn es nach mir ginge, hätte ich die Verantwortung für die ganze Sache, aber sogar in meinem Alter habe ich noch nicht herausgefunden, wie man sich bei Mutter Natur einmischt. Leider. Ich glaube, ich würde es verdammt gut machen, wenn ich die Verantwortung hätte – mit Bausch und Bogen!

Giles Borealis sen.

1

---

2. Juli, Yellowknife, Nordwest-Territorien

Lara Lazuli neigte das Gesicht ins Licht und schob ihren anhaltenden Ärger beiseite. Der Himmel war klar, die Sonne schien und der Motor ihres leuchtend roten Maserati schnurrte wie ein zufriedenes Kätzchen.

Sie war entschlossen, die guten Augenblicke zu genießen, wenn sie kamen, und es war ein guter Augenblick, mit heruntergelassenen Fenstern und dem warmen Wind, der ihr langes, silberweißes Haar peitschen ließ.

Wenn sie die Aufmerksamkeit auf die Schönheit des Sommertages richtete, hieß das auch, dass es egal war, dass sie sich spät gestern Nacht allen möglichen Schwachsinn im Haus des Orion-Rudels hatte anhören müssen. Oder, um ehrlich zu sein, am frühen Morgen, denn es war beinahe drei Uhr nachts gewesen, als sie es schließlich nach Hause geschafft hatte, nur, um sich anbrüllen zu lassen, dass sie sich unverantwortlich verhalten hätte. Es war egal, dass sie heute Morgen beim Frühstück das Thema einfach wieder aufgegriffen hatten, dieses Mal mit zusätzlichem Nonsens von ihrer Tante, sie würde sich mit dem Feind verbrüdern.

Ihre ältere Schwester und ihre Tante waren manchmal so nervig. Crystal und Tante Amethyst hielten sich beide für den Hahn im Hühnerstall ...

Tief einatmen. Tief einatmen.

Nein, diesen Gedanken würde sie nicht weiterverfolgen. Heute ging es nur darum, etwas für sich zu tun. Anstatt das Familien-Diamant-Unternehmen zu schützen und weiterzutreiben, fand der Kurs, den sie gleich geben würde, nur statt, weil ihr das Thema Spaß machte, und weil sie gerne mit Anfängern arbeitete.

Und wer wusste es schon? Wenn die Dinge mit Midnight Inc. oder dem Orion-Rudel schiefliefen, würde sie sich vielleicht sowieso eine neue Laufbahn suchen müssen.

Jetzt im Augenblick verbrachte sie eine Menge Energie damit, den überwältigenden Drang ihrer inneren Wölfin abzuwehren, die ihre unmittelbare Familie auseinandernehmen wollte, weil sie Idioten waren.

Idioten schrieb man natürlich:

W-O-R-T

K-A-R-G-E

A-R-S-C-H-L-Ö-C-H-E-R.

Wir könnten alles übernehmen, brüskierte sich ihre Wölfin. *Das Rudel anführen.*

Tolle Idee. Wessen Kehle soll ich deiner Meinung nach als erstes herausreißen?, erwiderte Lara. *Crystal benimmt sich wie eine typische Alpha, kombiniert mit großer Schwester mit Beschützerkomplex. Ganz zu schweigen* davon, dass Tante Amethyst bestimmt nach Rauch schmeckt. *Du hasst doch Rauch.*

Angeekelt knurrte ihre Wölfin. *Wir könnten es trotzdem tun. Einfach nur schnell, danach gibt es dann ein gutes Steak.*

Lara schnaubte erheitert. Jener andere Teil ihrer selbst war immer da, immer sie, und doch eindeutig ein Wolf, während sie menschlich war. Die Wölfin sah Lösungen viel eher in Schwarz-weiß, und obwohl es Zeiten gab, in denen sie die Erinnerung daran zu schätzen wusste, sich nicht zu sehr in Einzelheiten verlieren, würde sie nicht ihrer Familie an die Kehle gehen, nur weil die Matriarchinnen in ihrem Leben mehr als nur nervig waren.

Wenn sie jemals die Grenze zu Unehrlichkeit oder Grausamkeit überschritten, würde Lara allerdings nicht zögern, sich zu wehren.

Aber das war ja das Problem – im Augenblick war sie sich nicht sicher, was für ein Unfug in den geheimen Hinterzimmern der Führung des Orion-Rudels ausgebrütet wurde. Aus irgendeinem Grund hatten die höchstrangigen Kräfte im Rudel, auch bekannt als Schwester Nummer 1 und Tante Nummer 3, ihre Türen noch nicht wieder geöffnet, um sie in ihrem inneren Kreis willkommen zu heißen.

Verschwiegene Idioten.

Sie fuhr langsamer und bog auf den Parkplatz der Highschool ab.

Es gab viele Orte in Yellowknife, um eine Informationsveranstaltung wie diejenige durchzuführen, die sie gleich abhalten würde, aber die meisten Orte hatten problematische Verbindungen, die sie vermeiden wollte.

Sie hätte die Veranstaltung im Pub des Orion-Rudels halten können, dem *Sirius Trouble*, doch die Hälfte ihrer

Zielgruppe wäre nicht gekommen, aus Angst, die örtlichen Bären-Shifter vor den Kopf zu stoßen. Und sie bezweifelte, dass die *Diamond Tavern*, die den höchstrangingen Bären der Stadt gehörte, zugelassen hätte, dass sie einen Raum buchte, weil sie befürchtet hätten, dass Wölfe durch ihre geheiligten Hallen pirschten.

Das angeblich neutrale Veranstaltungszentrum war ein wenig zu sehr in das Sponsoring sowohl von Midnight Inc. als auch von Borealis Gems verwickelt – „dem Feind", wie ihre Tante es formuliert hatte –, um zu funktionieren.

Idiotisch.

Ihre Tante, nicht das Veranstaltungszentrum.

Die Highschool jedoch war ein geheiligtes neutrales Territorium. Voller Nostalgie parkte Lara ihr Auto auf dem freien Platz, auf dem sie auch immer gestanden hatte, als sie vor sechs Jahren noch an die Schule gegangen war. Es war die kurze Zeit ihres Lebens gewesen, in der ihr die Schule wirklich Spaß gemacht hatte, denn ihre Familie war im Sommer vor der zwölften Klasse nach Yellowknife gezogen, und ihr hatte noch kein Ruf wegen ihrer älteren Schwestern angehaftet, der sie gebrandmarkt hätte. Ja, Schwestern – Lara war die Nummer 5 in der Reihe.

Sie starrte das vertraute Gebäude an. Gute Erinnerungen an Zeiten, die sie mit Freundinnen verbracht hatte, stiegen auf, obwohl die meisten von ihnen weggezogen waren.

Der Fluch einer Stadt im Norden. Jene, die blieben, blieben für immer. Der Rest zog durch wie ein Schneesturm im Winter, einen Augenblick lang da, ehe er zu einer Erinnerung und Frostbeulen dahinschmolz.

Genug erinnert. Sie würde neue Freunde finden. Sie machte einen Neuanfang, kehrte nach fünf Jahren am College und der technischen Hochschule zurück.

Sie schnappte sich ihre Tasche von hinten und wollte gerade vortreten, als ihre innere Wölfin alarmiert hochschoss.

Wir werden beobachtet.

Lara erstarrte und atmete dann tief ein, auf der Suche nach einem Geruch. Indem sie den Kopf von einer Seite zur anderen neigte, gestattete sie es dem feinen Gehörsinn der Wölfin, seine Arbeit zu tun.

Die Büsche vor ihr bebten leicht, und Lara lachte, als sie den Blick des wildesten Jägers der Schulkorridore traf. „Mac?"

Ein lautes Miauen begrüßte sie, während der übergroße gestreifte Kater wie magisch durch die Hecke glitt, ohne sich dabei ein Härchen zu krümmen. Er rieb die Flanke an ihren roten Stiefeln, die bis zu den Oberschenkeln reichten.

Lara legte ihre Tasche auf den Boden, um die Hände frei zu haben, während sie sich hinkniete, um ihn zu streicheln. „Ich habe mich schon gefragt, ob du hier noch schaltest und waltest. Schön, dich zu sehen, Sir Mac der Großartige. Ich nehme an, deine überlegenen Katzenmoves sind noch auf dem neuesten Stand."

Er hob den Kopf, damit sie ihn unter dem Kinn kraulen konnte, ein Schnurren in der Lautstärke einer Harley mit niedriger Drehzahl grollte aus seiner Brust.

Lara nahm ihn auf den Schoß und umarmte ihn fest, etwas unbeholfen, denn die schiere Masse des Tiers war auf ihren heute halbwegs vernünftigen Acht-Zentimeter-Absätzen schwer zu balancieren.

Das Grollen wurde lauter, und zwar jenseits dessen, was typischerweise auch einer großen Katze möglich war.

Da wurde ihr klar, dass noch jemand auf den Parkplatz gekommen war. Jemand auf einer echten Harley, der nun neben ihrem Auto schlitternd zum Stehen kam, während Staub aufwirbelte.

Sie erhob sich, vergaß Macs schweres Gewicht in den Armen, als der Mann von dem Motorrad abstieg und jeder ihre Sinne übersteuerte.

Schwarze Lederhose, schwarze Lederjacke. Wenn dazu noch schwarze Stiefel, Lederhandschuhe und ein spiegelnder Helm kombiniert waren, hätte er ein Rätsel sein sollen, aber sie wusste Bescheid.

Sie wusste nur zu gut Bescheid.

Alex Borealis öffnete seinen Helm, hob die Schutzausrüstung vom Kopf und fuhr sich dann mit der Hand durch sein militärisch kurz gestutztes dunkles Haar. Die Sonne betonte sein kantiges Kinn und die starken Wangenknochen, machte aus der Bräunung seiner Haut die Farbe von poliertem Eichenholz.

Seine Augen richteten sich auf ihre, mit Pupillen so dunkel und groß, dass sie mit der tiefbraunen Iris verschmolzen und seinen Blick hypnotisch und gefährlich machten.

Lippen. Diese umwerfenden Lippen, die fest waren, doch köstlich weich, wenn sie sich auf ihre drückten, ehe der Hunger über sie beide hergefallen war und er versucht hatte, sie zu verzehren ...

Und *das* war ein Ort, an den ihre Gedanken nicht wandern durften. Ganz gleich, wie sehr ihre innere Wölfin vorspringen und beenden wollte, was beim letzten Mal, als sie sich begegnet waren, zwischen ihnen passiert war.

Was ... nicht mal zwölf Stunden her war.

Ja. Sie hatten eine „Geschichte". Kurz, nicht süß, und auf jeden Fall kompliziert.

Lara hob das Kinn mutig an, sagte aber nichts.

Alex hängte seinen Helm an den Lenker, dann nahm er

die Handschuhe ab. Er zog den Reißverschluss seine Jacke auf, und sie öffnete sich, um ein schwarzes T-Shirt zu enthüllen, das sich über einen schlanken, muskulösen und extrem tödlichen Körper spannte.

Oh, wie sie sich wünschte, sie hätte die richtigen Worte, um ihn zu treffen, aber ihre Wölfin und ihr Gehirn kooperierten nicht. Stattdessen vibrierte auf ihrer Zungenspitze etwas in der Art von: *Himmel, zu dir oder zu mir?*

Ihre Wölfin wollte es gleich hier auf dem Parkplatz treiben, vielen Dank aber auch.

Alex trat näher und starrte ihr ins Gesicht, während seine Finger sich hoben, um sich die Handgelenke zu reiben. Schwache rote Linien gingen um den Ansatz seiner muskelbepackten Unterarme, eine Erinnerung daran, dass sie ihn um zwei Uhr nachts ans Treppengeländer gefesselt zurückgelassen hatte.

Ups? Schon wieder Geschichte. Zu ihrer Verteidigung *hatte* es zu diesem Zeitpunkt wie eine gute Idee gewirkt.

„Suchst du was, Borealis?“ Die Worte kamen rau heraus, als hätte sie zu den gewohnten drei Schachteln ihrer Tante am Tag gegriffen.

„Vielleicht nach einer Entschuldigung.“ Er blieb einen Meter von ihr entfernt stehen, warf einen kurzen Blick auf den Kater. Dann, o Wunder, hellte sich die strenge Miene des Bären-Shifters zu einem Lächeln auf. „Ist das ... Mac?“

Lara kniff die Lippen zusammen, vor allem, damit sie nicht sabberte. Alex Borealis, der lächelte, stellte etwas Gefährliches mit ihren Hormonen an.

Wen verarschte sie denn da? Der verdammte Mann könnte ihren Namen als Fluch aussprechen, und er würde immer noch etwas mit ihr anstellen, aber das war ein Problem für die Zukunft. Außerdem war Alex entgegen aller Vernunft vorgetreten, um eine Hand auf Macs Kopf zu legen, und der kleine Verräter ließ es zu.

Ließ es mehr als nur zu – er genoss es, schob den großen Katzenkopf in die Liebkosungen, und gab laut seine Wertschätzung zum Besten.

„Untreue Bestie", murmelte Lara.

Alex grinste noch breiter, sein Blick hob sich zu ihrem. „Wir haben immer die ganze Mittagspause zusammen verbracht, Mac und ich."

Das war mindestens ein paar Jahre gewesen, bevor sie an die Schule gekommen war. Lara schätzte, dass Macs Zuneigung ein Punkt zugunsten von Alex war, aber hätte sie das zugegeben? Teufel, nein. „Ach ja? Na, ich musste ihn nicht mit Essen bestechen, um mich mit ihm anzufreunden."

Alex verdrehte die Augen.

Seine Hand glitt von Macs Kopf und streifte seitlich Laras Brust.

Sie wurden beide reglos. Er zog die Hand nicht zurück – stand einfach nur da und berührte sie. Als wären sie von einem magischen Kraftfeld gefangen und nicht sicher, wie sie fliehen sollten.

Lara schloss die Augen und schluckte schwer, kämpfte mit allem, was sie hatte, dagegen an, nicht dem Beispiel der verdammten Katze zu folgen und sich an die Berührung des Eisbären-Shifters zu schmiegen.

Sie wusste, weshalb es sie so süchtig machte. Diese einfache Liebkosung seiner Finger, der viel zu nahe Atem aus seiner Lunge, der ihre Wange streifte, ließ extreme Wünsche entstehen. Der Drang, seine breiten Schultern zu packen und sich daran zu klammern, während sie ihn bis zur Besinnungslosigkeit küsste, war verlockend und so verzweifelt wie ihr nächster Atemzug.

Alex Borealis war ihr Partner.

Wölfe wussten das immer, was der Grund war, dass sie seit dem Augenblick, in dem sie diesem nervtötenden Mann begegnet war, mit Zähnen und Klauen dagegen angekämpft hatte, seinen unwilligen Körper anzuspringen.

Die Paarbindung hielt ein ganzes Leben. Sie wollte nicht, dass ein Mann gezwungen war, sie als Partnerin zu akzeptieren, insbesondere einer, der ihr nicht vertraute und in ihr nichts als einen Gegner sah. Darum, so sexy und begehrenswert und O-mein-Gott-ich-will-ihn-jetzt er auch sein mochte, stand Alex Borealis nicht zur Debatte, solange sie nicht ein paar Dinge gerade rücken konnten.

Neiiiiiin, heulte ihre Wölfin mit erneuertem Missfallen, Schmerz machte sich an ihre Nervenenden heran, weil ihr die Liebkosung ihres Partners versagt wurde, als Lara sich dazu zwang, ganze zwei Zentimeter abzurücken.

Tut mir leid. Mir tut es auch weh, Kleine, beruhigte Lara sie. *Wir müssen warten.*

Eine weitere Hitzewoge überkam sie, als Alex sich vorbeugte und sein Geruch sich wie ein Dorn in sie bohrte.

„Lara." Ihr Name grollte über ihre Haut, neckend und sinnlich. Darin lag ein Hauch Ehrfurcht, als wäre er sich nicht sicher, was zwischen ihnen war, sich aber völlig bewusst, dass es nicht die typische Reaktion zweier Menschen war, die behaupteten, einander nicht zu mögen.

Sie war versucht, etwas Fragwürdiges zu ihrer Selbstbeteiligung zu unternehmen, als Sir Mac sich anspannte und sich dann aus ihren Armen direkt auf Alex' Kopf stürzte.

2

———

Instinktiv bewegte sich Alex auf eine Seite und drehte sich. Seine bereits erhobene Hand ermöglichte es ihm, den Kater abzufangen, der sich in sein Gesicht katapultierte, um seine Richtung zu ändern, sodass er das übergroße Geschoss in einem Bogen herumschwang und Macs Schwung verlangsamte.

Alex ließ los, die Arme auf den Parkplatz gerichtet.

Mac machte dieses Katzending, seine Beine ruderten hektisch, während er den Torso drehte, um auf allen vier Pfoten zu landen.

Das Tier starrte Alex hochnäsig an, ehe es davonmarschierte, den Schwanz hoch erhoben. Die äußerste Spitze zuckte, als würde sie wie ein missbilligender Finger wackeln.

„Was zum Teufel war denn das?", fuhr Alex die nervige, faszinierende, köstliche Sirene von einer Frau an, die ihn seit ihrer Rückkehr nach Yellowknife vor drei Monaten in den Wahnsinn trieb.

Er redete mit leerer Luft.

Lara ging weg von ihm, und zwar schnell, ihr

herzförmiger Arsch wackelte bei jedem Schritt verführerisch.

Er folgte ihr, seine Stiefel hämmerten mit lautem Klatschen auf dem Beton. „Ich rede mit dir", brüllte er beinahe.

Elegant, ließ ihn sein Bär unverblümt wissen.

Schnauze, sagte er zu seiner inneren Bestie.

Sein Bär grollte zurück: *Schreien ist nicht nett, besonders nicht* ihr *gegenüber.*

Alex stolperte beinahe über die eigenen Füße, da der Tonfall dieses Tadels so vehement war. *Was hast du denn für ein Problem?,* wollte er wissen.

Sein Bär wurde still, was vermutlich auch gut so war, denn der rasche Marsch hatte ihn wieder auf eine Höhe mit Lara gebracht, die mit einem Schlüssel an der Eingangstür zur Schule hantierte. Das Letzte, was er in diesem Augenblick brauchte, war sein Bär, der ihn ablenkte.

Alex legte eine Hand auf die Tür, beugte sich über sie. „Es ist nicht nett, mitten in einer Unterhaltung wegzulaufen, Süße."

Lara wurde reglos. Er hatte sie festgesetzt, sein größerer Körper ragte wie eine Wand um sie herum auf. Es war eine Machtdemonstration, es war aggressiv, und ja, er wusste verdammt gut, dass er sich gerade ziemlich beschissen benahm.

Obwohl er sich des Grundes, *weshalb* er das tat, nicht sicher war. Etwas an der leckeren Lara Lazuli legte jeden seiner Schalter um und pisste ihn gleichzeitig an.

„Du gehst lieber mal ein paar Schritte zurück, *Schätzchen.*" Laras Tonfall war süßlich und höflich.

„Ich will wissen, wo zum Teufel du hin ..."

„Das war keine Bitte" unterbrach ihn Lara. „Beweg dich jetzt, oder ich bewege dich."

Oh, das würde gut werden. Alex passte seinen Stand leicht an, weil ihm auffiel, dass seine vorherige Position seine Eier zugänglich gelassen hatte, sodass man sie ihm bis in die Milz schieben konnte. „Das ist nicht sonderlich freundlich."

„Alex", sagte Lara, eine ganze Welt voller Enttäuschung in ihrem Tonfall. Die Tasche auf ihrer Schulter glitt zu Boden. „Ich hätte Besseres von dir erwartet ..."

Sie schloss den Satz nicht ab. Stattdessen bewegte sie sich.

Er erhaschte einen kleinen Blick auf das, was sie tat, aber es ergab keinen Sinn – nicht, außer sie hatte gelernt, wie man flog – denn sie schien seitlich an der Tür hochzugehen, ehe sie sich mitten in der Luft drehte und auf seinem Rücken landete.

Sie wog nicht viel, aber der Schwung reichte, um ihn aus dem Gleichgewicht zu bringen. Indem er sich vom Gebäude abstieß, versuchte Alex denselben Trick abzuziehen, den der Kater Mac angewendet hatte. Das Letzte, was Alex wollte, war, zu stürzen und Lara unter sich zu begraben.

Nur dass sich ihr Gewicht verlagerte, als er sich drehte, und sie um ihn herumwirbelte, einen seiner Arme zu fassen bekam, und seinen aus dem Gleichgewicht geratenen Oberkörper schneller als erwartet herumzog.

Er drehte sich eineinhalb Mal, um auf dem Bauch zu landen, flach auf dem Boden. Seine Arme waren ausgebreitet, eine Wange in die Erde gedrückt. Laras Knie hielt seinen Nacken festgenagelt, ihr anderer Fuß stand auf seinem rechten Handrücken.

Das war toll, sagte sein Bär anerkennend.

Echt jetzt? Schnauze, verdammt noch mal.

Was zum Teufel war mit der verdammten Bestie nur

los? Alex und sein inneres Tier würden eine lange, schwierige Unterhaltung darüber führen müssen, der falschen Seite zuzujubeln, aber das würde später passieren müssen.

Vorerst ignorierte Alex die Bestie und konzentrierte sich auf das, was sich als interessante Herausforderung erwies. „Willst du dir das nicht noch einmal überlegen, Süße? Denn wenn nötig, mache ich mir gern die Hände schmutzig."

Sie wartete. Fünf Sekunden, sechs ...

Alex nahm seine Energie zusammen, um eine Bewegung vorzubereiten, als der Druck nachließ und sie zurücktrat, bis zwei oder drei Meter zwischen ihnen waren. Sie bückte sich und hob ihre übergroße Schultertasche auf, die sie wieder an Ort und Stelle schob.

Dann holte sie tief Luft und stieß sie langsam aus, ehe sie etwas sagte: „Vielleicht sollten wir noch mal von vorne anfangen."

Da erhob sich Alex und wischte sich die Erde von den Knien, richtete sich fein säuberlich das T-Shirt und die Jacke. Sein Ärger blieb jedoch weit über normalem Maßstab. Er *hatte* es verdient, auf dem Boden zu landen – er war immerhin in ihre persönliche Sphäre eingedrungen.

Er schaute in wunderschöne braune Augen mit goldenen Sprenkeln. Sie schienen ihn ein wenig traurig anzustarren, so, wie sie ihn schon mehr als ein paar Mal in der Vergangenheit betrachtet hatte. Ganz offensichtlich brach ihr das Herz, was an emotionalen Fäden zerrte, mit denen er bisher nicht gerechnet hatte. Er wollte sie hochheben und beschützen. Ihre Welt perfekt machen.

Wenn er die Zähne noch ein wenig fester zusammenbiss, würde er sie zu kleinen Stumpen zermalmen.

Diese Frau war bestimmt die beste Schauspielerin weit und breit. Traurig? Schutzbedürftig? Ach, bitte. Vor einem Monat hatte er beobachtet, wie sie es mühelos mit einem Puma-Stifter aufgenommen hatte, der doppelt so groß war wie sie.

Irgendetwas stimmte nicht, doch ganz gleich, wie sehr er nachbohrte, er hatte trotzdem noch keine Vorstellung, worauf sie es abgesehen hatte. Nur dass er das nicht herausfinden würde, indem er Forderungen stellte. Dafür würde er Fingerspitzengefühl brauchen.

Er hatte Fingerspitzengefühl drauf, verdammt. Es war nicht seine Lieblingsmethode, um Dinge gebacken zu kriegen, aber das war egal.

Planänderung. Alex imitierte sie, und einen Augenblick lang atmete er langsam durch die Nase. Jeder Atemzug war angefüllt mit ihrem üppigen, süßen Geruch, und ein anhaltender Hunger stieg aus seinen Eingeweiden auf.

Er bekämpfte seinen inneren Bären, der fröhlich brummte und in ihrem köstlichen Aroma schwelgte, und bemühte sich, so ruhig wie möglich zu sprechen.

„Fangen wir von vorne an. Lara, mein Großvater hat heute ein Meeting mit dir angesetzt. Er schafft es nicht, darum hat er mich gebeten, ihn zu vertreten."

Ihr Mund klappte auf, Verwirrung machte sich zu rasch breit, um gespielt zu sein. „Ich habe keine Ahnung, wovon du redest. Ich gebe einen Anfängerkurs für Betriebe vor Ort zum Thema Online-Sicherheit. Weshalb hätte dein Großvater sich denn dafür einschreiben sollen?"

„Das kann nicht sein." Alex hatte Mühe, sich zu erinnern, was genau der alte Mann ihm letzte Nacht gesagt hatte. Um allerdings ehrlich zu sein, hatte die Unterhaltung unter ziemlich ablenkenden Umständen stattgefunden. „Er sagte, er hätte ein Meeting um zwei Uhr mit jemandem, der brandneue Informationen hätte – dir –, und dass es von höchster Wichtigkeit wäre, dass ich teilnehme."

Sie wühlte in ihrer ledernen Schultertasche herum und zog ein Notizbuch heraus, ohne auf ihn zu achten, während sie darin blätterte. „Na, ich hoffe schon, dass es zeitgemäß und informativ ist, aber ich kann mir nicht vorstellen, dass Borealis Gems bei dieser Präsentation etwas Neues erfährt. Heute ist das ganze Anfängerzeug dran. Du hast bereits die größte und genialste Security, die es auf dem Markt gibt."

„Ein Kompliment? Bist du sicher, dass du so weit gehen willst?" Alex verschränkte die Arme vor der Brust, leicht verärgert über das wilde Stolzgefühl, das in ihm aufkam, als sie seine Arbeit lobte. Denn als Sicherheitschef von Borealis Gems *war* das sein Werk.

Doch er brauchte niemanden, um ihm zu sagen, dass er tolle Arbeit leistete. Und gewiss nicht so eine blonde Fee, die die Fähigkeit besaß, ihm den letzten Nerv zu rauben, ohne es auch nur zu versuchen.

„Es ist kein Kompliment, wenn es wahr ist", erklärte Lara, die immer noch blätterte. „Tatsächlich habe ich gehört, dass einige eurer Remote Access Trojaner nach dem Hacking-Versuch letzten März immer noch in Südamerika auftauchen."

Er knurrte leise, sämtliche Erheiterung war verflogen. „Woher weißt du von den RATs?"

Lara hob den Kopf und schaute ihn entgeistert an, die Finger zwischen den Seiten ihres Notizbuchs. „Es war überall in den Nachrichten. Jeder Security-Provider, den ich kenne, tut sein Bestes, um nachzubauen, was immer du da gemacht hast. Das hat sich als die perfekte Lösung erwiesen, um die meisten Hacker abzuwehren, denn sie haben eine Heidenangst davor, dass jemand in ihre Systeme gelangt."

„Oh." Die Nachrichten. Wie dumm, zu vergessen, dass es allgemein bekannt war, und sofort zu dem Schluss zu springen, dass sie in seinen Angelegenheiten herumgeschnüffelt hatte.

Der weiche Ausdruck, der vor einem Augenblick noch da gewesen war, verflog auf ihrem Gesicht, um durch eine rein professionelle und völlig emotionslose Fassade ersetzt zu werden. „Ja, *oh*."

Sag, dass es dir leidtut, wies ihn sein Bär bestimmt an.

Alex versteifte den Rücken. Er hatte kurz davor gestanden, sich zu entschuldigen, aber jetzt? *Schnauze und kümmere dich um deine eigenen Angelegenheiten.*

Das ist meine Angelegenheit, du stammelnder Vetter dritten Grades eines Pavians ...

Lara hob das Buch hoch und unterbrach die Retourkutsche seines Bären. Sie deutete auf eine Liste von Namen. „Das ist seltsam, aber ja, dein Großvater hat sich für meinen Kurs eingeschrieben. Aber er hat nur den Anfangsbuchstaben seines Nachnamens benutzt, und ich habe mir die Vornamen nicht allzu genau angesehen. Ich kann dir schon jetzt sagen, dass du nicht bleiben musst. Wenn ich später mal einen Fortgeschrittenen-Kurs anbiete, musst du dich dann neu einschreiben. Wenn du mich jetzt entschuldigen würdest, ich bin früh hergekommen, damit ich alles aufbauen kann, ehe meine Schüler eintreffen."

Sie wandte ihm den Rücken zu, und es gab wirklich nichts, was er tun konnte, außer zu beobachten, wie sie die Tür aufschloss, durchging und sie direkt vor seiner Nase zufallen ließ.

3

––––––

*D*a das Leben wie üblich stressig war, dauerte es beinahe bis Ende Juli, ehe der seltsame Fehler ihres Großvaters Alex erneut in den Sinn kam. Alle drei Brüder waren in ihrem Rückzugsraum über der Bar versammelt, entspannten sich und brachten sich auf halbem Weg durch den Sommer auf den neuesten Stand.

Wem machte er denn etwas vor? Alles an diesem Tag hatte sich viel zu oft in seinen Gedanken abgespielt. Wie war es möglich, zugleich fasziniert und im großen Stil genervt von der kleinen Wolf-Shifterin zu sein? Die Tatsache, dass Lara ihn hatte überwältigen können ...

Verdammt, er bekam einen Ständer, wenn er nur darüber nachdachte. Nicht, weil er einen besonderen Grund hatte, Spaß dabei zu empfinden, auf der Erde zu liegen, sondern weil es ihn unglaublich anmachte, zu wissen, dass, so zart sie auch schien, es ihm möglich sein würde, alle Barrieren fallen zu lassen, falls sie jemals miteinander im Bett landeten.

Alex Borealis mochte enthusiastischen Sex.

Wenn er ehrlich war, mochte er auch, wie Lara aussah.

Von ihren silberweißen Haaren oben bis ganz nach unten zu diesen ledernen Fick-mich-Stiefeln war sie eine höllisch verführerische Frau.

Aber was ihm am besten gefiel, war, zu tun, was er für seine Familie tun musste, und in seiner Rolle als Sicherheitschef von Borealis Gems stand eine Verbrüderung mit jemandem, der ihre Lebensgrundlage bedrohte, nicht zur Debatte.

Das andere Edelsteinunternehmen in ihrem Revier, Midnight Inc., war im Lauf der Jahre ein stetiger Quell des Ärgers gewesen. Soweit er sagen konnte, hatten sie niemals etwas Illegales getan, aber zwischen den beiden Firmen bestand eine ständige Konkurrenz. Alex war ganz für Wettbewerb und freien Markt, aber er mochte keine Leute, die seine Familie benutzten, um weiterzukommen, und dort war derzeit der Großteil seines Argwohns angesiedelt.

Er fragte sich, ob Midnight Inc. auf ein schmutziges Spiel aus war. Die umwerfende, sinnliche Lara Lazuli hatte sich langsam mit den Frauen angefreundet, die seinen Brüdern am nächsten standen. Frauen, die Zugang zu Geheimnissen und den sichersten Sparten von Borealis Gems hatten.

Ein logischer Grund für Laras neuentdecktes Interesse an Amber und Kaylee war, sich Insider-Informationen zu verschaffen. Das würde ihm nicht passieren, ganz gleich, was für ein Ziehen ihre wippenden Hüften in seinem Körper heraufbeschworen.

Du bist mürrisch, beschwerte sich sein Bär.

Ich habe meine Gründe, fuhr ihn Alex an.

Du wärst nicht mürrisch, wenn du dich von der Wölfin streicheln lassen würdest.

Alex seufzte verärgert, obwohl er zustimmen musste.

Ein wenig Tuchfühlung mit Lara würde sehr helfen, seinen Frust abzubauen.

Aber nun zu drängenderen Problemen ...

Alex lehnte sich auf dem Sessel zurück, ein Glas richtig guten Whiskey in der Hand, während er seine derzeitige Sorge ansprach. „Glaubt ihr, Opa wird senil?"

Ein Schnauben erklang, dicht gefolgt von einem Keuchen. James, der jüngste der drei Brüder, beugte sich vor und schlug sich mit der Faust auf die Brust, weil er sich offensichtlich verschluckt hatte.

Cooper beäugte ihn aus dem Komfort seines eigenen extra großen Ledersessels heraus. „Ich nehme an, das heißt Nein?"

Ein raues Lachen brach aus James hervor, der inzwischen glücklich mit seiner besten Freundin Kaylee gepaart war. „Opa Giles mag ja nerven, aber er weiß genau, was er tut." James hustete sich ein letztes Mal in die Faust, ehe er die wirbelnde bernsteinfarbene Flüssigkeit in seinem Glas nachdenklich betrachtete. „Vielleicht haben wir ihm zu wenig zugetraut. Er hat ein paar gute Ideen."

„Du sprichst von seinem Ultimatum, das Paarungsfieber dieses Jahr nicht zu vermeiden? Nur weil es für dich gut gegangen ist, heißt das nicht, dass das für uns auch garantiert ist", rief ihm Alex in Erinnerung. „Weder Cooper noch ich haben beste Freundinnen, bei denen wir Jahre damit verbracht haben, so zu tun, als wären wir nicht in sie verliebt."

Ein leichtes Schulterzucken ging durch James hindurch, ehe er Alex in die Augen schaute. „Ich habe nicht so getan. Ich wusste es wirklich nicht. Wenn nicht Opa Giles' Befehl gewesen wäre, würden Kaylee und ich immer noch warten, anstatt eine Beziehung zu genießen, die einem den Verstand wegbläst und das Leben völlig umkrempelt."

Das Leder knarzte, als Cooper sich auf seinem Sessel neu ausrichtete, seine Miene wurde weicher. „Ich nehme an, das Leben in der Partnerschaft läuft gut?"

James' sofortiges Grinsen bis zu beiden Ohren war nur zu leicht zu interpretieren. „Kaylee ist toll. Sie ist mutig, und sie ist schön, und, o mein Gott, der Sex ist ..."

„Ja, toll. Davon wollen wir nichts hören." Cooper war derjenige, der es aussprach, aber Alex stimmte von ganzem Herzen zu.

Es gab nichts Schlimmeres, als sich eine solche Prahlerei anhören zu müssen, besonders von ihrem jüngeren Bruder, wo doch weder er noch Cooper derzeit vergeben waren. Und es war ja nicht so, als würde er nicht an Sex denken ...

Besuch doch mal die Wölfin, schlug sein Bär vor. *Sie ist heiß.*

Alex beugte sich vor und stellte das leere Glas auf den Tisch, damit er sich mit beiden Händen die Schläfen reiben konnte. *Schnauze.*

Sein Bär sagte nichts. Er mogelte nur im großen Stil und schickte ihm ein lebhaftes geistiges Bild von Lara. Er spielte, wie es der Zufall so wollte, sofort jene Nacht wieder ab, in der er dummerweise seinem Verlangen nachgegeben und sie bis zur Besinnungslosigkeit geküsst hatte. Ihre Lippen waren vom Kontakt mit seinen angeschwollen, die Knöpfe ihrer Bluse weit genug geöffnet, um die Rundungen ihrer Brüste zu enthüllen. Ihre Brust hob und senkte sich rasch, während sie ihn mehr oder weniger mit Blicken verzehrte.

Ein Stöhnen entwich Alex, ehe er es aufhalten konnte.

„Oh, hey. Ihr beiden stehlt euch aber nicht aus unserer Abmachung davon." Ein verärgerter Unterton lag in James' Stimme. „Nur weil mir etwas unerwartet Gutes passiert ist, bedeutet das nicht, dass von euch einer vom Haken ist. Ich war bereit, zu tun, was nötig war, wie wir es alle besprochen haben."

Alex hob eine Hand, um den Vortrag abzubrechen, ehe er noch weiterging. „Ich stehle mich nicht aus der Abmachung davon", versicherte er seinem jüngeren Bruder.

Obwohl Alex verdammt nochmal alles tun würde, um am Ende nicht gepaart zu sein, und er hatte allmählich einige wunderbar gerissene Ideen, wenn es darum ging, wie genau er das System manipulieren würde.

„Ich stehle mich auch nicht davon", versicherte Cooper ihnen beiden. „Um zu deiner ursprünglichen Frage zurückzukehren, Alex, ich glaube nicht, dass Großvater senil ist. Ich glaube, er ist ein gerissener alter Fuchs, aber letztlich werden seine schlauen Manipulationen nichts ändern. Er kann uns nicht alle drei hereinlegen, um uns dieses Jahr zu paaren. Wenn wir der Abmachung buchstabengetreu folgen, haben wir gewonnen. Und das Einzige, was er verlangt, ist, dass wir das Paarungsfieber nicht vermeiden."

James nickte, beruhigt durch ihre Bestätigung. Die drei Geschwister plauderten locker miteinander. Einfach eine gute Zeit mit der Familie, viele Neckereien, die auf James bezogen waren, weil er sich mit der Frau gepaart hatte, die schon jahrelang vor seiner Nase gewesen war.

„Übrigens." James schaute zwischen ihnen hin und her. „Ich nehme Kaylee in ein paar Wochen mit, wenn ich zum London-Diamond-Festival reise. Wir bleiben ein paar Tage dort, um richtig Flitterwochen zu machen."

„Klingt toll. Habt Spaß", sagte Cooper, ein trockenes Lächeln auf den Lippen. „Das sollte sehr viel unterhaltsamer sein als das, was ich mache, und zwar eine

Reise in den Süden, um ein paar Auffrischungskurse zu belegen und dann meine Anwaltslizenz zu erneuern."

James stieß sich mit der Hand an die Stirn. „Stimmt ja. Ich habe vergessen, dass du beschäftigt bist. Ich schätze, das heißt, dass Alex mein glücklicher Ersatzmann ist, während ich weg bin."

Sie halfen alle in unterschiedlichen Rollen bei Borealis Gems, doch James kümmerte sich um den Großteil der Öffentlichkeitsarbeit.

Alex hasste Öffentlichkeitsarbeit. „Du wusstest doch, dass du nach London gehst. Weshalb solltest du in der gleichen Woche noch andere Termine buchen?"

„Sei doch nicht so ein Weichei, wenn es darum geht, raus an die Öffentlichkeit zu gehen und zu lächeln", grollte James fröhlich. „Und ich habe keine Doppelbuchungen gemacht, vielen Dank aber auch, dass du meinen Fähigkeiten so sehr vertraust. Ich bin am 15. Oktober für ein Event gebucht, bei dem der Koordinator plötzlich entschieden hat, dass wir am 15. *August* dafür ein Probe-Dinner durchführen müssen."

Alex seufzte. „Was heißt, dass es keine Möglichkeit gibt, das zu verschieben, bis du zurück bist."

„Überhaupt keine. Und wenn du glaubst, dass ich meine Flitterwochen abkürze, nur weil du keine soziale Ader hast, musst du wohl nochmal nachdenken." Er wühlte in seiner Tasche und holte eine Visitenkarte heraus, die er durch das Zimmer warf.

Alex fing sie aus der Luft.

„Kontaktinformationen für den Koordinator des Events", erklärte ihm James. „Freitagabend. Ruf ihn an und finde raus, ob du unterwegs irgendjemanden abholen sollst. Ich bin mir nicht sicher, wer noch eingeladen ist."

Alex beäugte die Karte. *„Table Talk?"*

Cooper lachte leise. „Verdammt. Das ist derzeit eine der heißesten Sendungen auf dem Food Network. Die bringen da eine Auswahl der besten Restaurants überall auf der Welt. Du wirst eine fantastische Mahlzeit bekommen, und alles, was du tun musst, ist, dich zu benehmen."

„Genau, oder?", rief James begeistert. „Kaylee und ich wünschten, wir könnten nur wegen des Essens da sein, aber da wir das nicht können, wirst du dich zusammenreißen und dein verdammt nochmal Bestes geben."

„Ich bin immer nett", sagte Alex.

Sowohl Cooper als auch James hielten inne und beäugten ihn mit übereinstimmenden Gesichtern: leicht erheitert, leicht genervt, eine Augenbraue gehoben.

„*Bin* ich", beharrte Alex.

James' Lippen zuckten. „Bis auf das eine Mal."

„Du meinst, als er wegen einer Verwechslung Großvaters alten Armee-Kumpel angefallen hat?", sagte Cooper, ohne auch nur einmal kurz nachzudenken. „Den, der bei den Green Berets ausgebildet war und unseren Jungen mit einer einzigen Bewegung auf den Boden genagelt hat?"

„Nein. Jetzt, da du es erwähnst, denke ich an einen *anderen* Vorfall, aber der hier ist auch gut. Ich hatte im Sinn, wie der Bürgermeister ‚unbeabsichtigt' in einen Wandschrank eingesperrt wurde, und Alex drei Stunden lang vergessen hat, es jemandem zu sagen, weil er sicher war, dass es hier um Industriespionage ging." James schüttelte den Kopf. „Nein, du hast recht, Alex. Ich kann mir überhaupt keinen Grund vorstellen, weshalb wir dich warnen sollten, dich nicht wie ein Arsch zu benehmen."

Alex funkelte die beiden an, schaffte es aber nicht, ein neutrales Gesicht aufzubehalten. Innerhalb weniger Momente kicherten sie alle drei. „Okay, ich gebe zu, dass das mit dem Bürgermeister ein wenig übertrieben war, aber er *hatte* sich zur obersten Schublade von Opas Schreibtisch geschlichen, als er dachte, dass keiner hinschauen würde."

„Um Snickers-Riegel für einen Freund einzuschmuggeln, weil Oma den Alten auf Diät gesetzt hat, das ist kein echtes Verbrechen", sagte James träge.

Nein. Alex hatte das versaut, was der Grund war, weshalb er entschlossen war, in der Zukunft keine weiteren Fehler mehr zu machen. „Ich verspreche, dass ich die Gastfreundschaft des Nordens in Person sein werde."

Es schien, als müsse er ein wenig recherchieren. Vielleicht würde er ein Dutzend Folgen oder so dieser verdammten Fernsehsendung anschauen, um herauszufinden, wodurch genau man zum Gewinner wurde. Sie musste doch noch irgendeinen tieferen Sinn haben, als sich nur Nahrung in den Mund zu schaufeln.

Denn was immer Alex für die Familie tat, er würde es *richtig* machen. Auf gar keinen Fall würde er verlieren ...

Nicht, dass das Leben ein Wettbewerb war.

Naja, meistens zumindest. Und um ehrlich zu sein, gefiel ihm das Gewinnen. Er war gut darin. Teufel, er machte es oft genug, um *großartig* darin zu sein.

Sein Bär schickte ihm ein weiteres schmutziges Bild. Das Gefühl weicher, femininer Finger in den Haaren, die seinen Hals und über seine Brust hinabglitten. Die Hitze eines weichen Frauenkörpers, der sich an seinen presste, ihre Hände stellten schmutzige Dinge mit ihm an, bis die verräterische Kreatur wegging und ihn an das Geländer gefesselt zurückließ.

Was stimmt denn nicht mit dir, wollte er von seinem Bären wissen.

Die verdammte Bestie kicherte.

Es ist nicht vorbei. Sie hat nicht gewonnen, setzte Alex das Tier in Kenntnis.

Alles, was sein Bär tat, war, glücklich zu seufzen und einen völlig sinnlosen Kommentar abzugeben: *Ich mag sie.*

Du meine Güte.

Statt zu verlangen, dass sein Bär logisch dachte, wandte sich Alex der reifsten Lösung zu, die ihm einfallen wollte. Er schnappte sich die Karaffe vom Tisch und schenkte sich einen dreifachen Whiskey ein.

Vielleicht hätte er nächste Woche Zeit, sich um die köstliche Ms. Lazuli zu kümmern.

4

———

ara wurde langsamer und hielt an, die Ohren gespitzt, anstatt mit hoher Geschwindigkeit vorzustürmen wie üblich. Es war bereits Mitte August, und sie hatte immer noch nichts Konkretes gefunden, um eines ihre Probleme zu lösen – das mit dem Rudel oder das mit dem Partner.

Frust war ihr ständiger Gefährte.

Die Unterhaltung, die um die Ecke zu ihr herantrieb, war leise genug, um ihren Verdacht zu erregen. Sie presste den Rücken an die Wand und rückte näher an das Büro des Rudels, wo ihre älteste Schwester, die erste Alpha des Orion-Rudels, mit jemandem telefonierte.

Die einseitige Unterhaltung war ... faszinierend.

„Ich hasse es, dass wir so langsam machen müssen", beschwerte sich Crystal. „Das ist nicht richtig. Aber ich schätze, die Alternative wären aufgeschlitzte Kehlen und heftiges Blutvergießen. Da kann ich mich dazu zwingen, ein einziges Mal verdeckt zu arbeiten."

Lara spürte, wie ihre Augen groß wurden. Die gemurmelte Antwort war so leise, dass nicht einmal ihr fantastisches Wolfsgehör sie verstehen konnte. Der Tonfall der Stimme war allerdings beruhigend, was bei ihrer Schwester wie Magie zu wirken schien, denn als Crystal wieder sprach, war etwas weniger blutrünstige Gewalt in ihren Worten.

„Ein Schritt nach dem anderen. Ich stimme zu. Weißt du, das Beste daran ist, dass sie nicht wissen werden, was sie erwischt hat, wenn der Staub sich verzieht. Und wenn wir es richtig anstellen, können wir alle losen Enden zusammenführen, und es gibt keinen Weg zurück. Keinen Weg, um sich gegen das wehren, was eindeutig in unser aller Interesse liegt.“

Mit wem auch immer sie sprach, derjenige sagte etwas, das Crystal zum Lachen brachte, ein warmes, glückliches Geräusch, das irgendwie nicht angemessen schien, wenn man die übrige Unterhaltung betrachtete.

„Ja, ich passe auf. Es ist riskant, aber es wird sich lohnen. Und dann die ganzen ... Natürlich. Ich treffe dich an der üblichen Stelle. Pass gut auf.“

Das Geräusch des Telefons, das auf dem Schreibtisch abgelegt wurde, und ihrer Schwester, die durchs Zimmer ging, um sich an ihrem Schreibtisch im Sessel niederzulassen, reichte aus, Lara aus ihrer Reglosigkeit zu holen.

Sie zog einen Bleistift aus ihrem Notizbuch und warf ihn den Gang entlang, um es absichtlich so scheinen zu lassen, als käme sie gerade erst um die Ecke. Lara bewegte die Füße mit zunehmendem Druck, während sie sich Zeit ließ, sich der Bürotür zu nähern.

Sie war nicht die Einzige mit Wolfsgehör, und bis sie mehr Zeit hatte, um darüber nachzudenken, wollte sie nicht, dass Crystal erfuhr, dass sie die rätselhafte Unterhaltung mitgehört hatte.

Lara setzte eine ausdruckslose Miene auf, ehe sie ins Zimmer trat und offen dem machtvollen Blick ihrer Schwester begegnete. „Alpha.“

Crystal schnaubte. „Was hast du getan?“

„Nichts.“ Lara verschränkte die Arme vor der Brust, ihr Notizbuch drückte sie an die steife Baumwolle ihres Security-Hemdes. Dasjenige, auf dem das Security-Logo von Midnight Inc. prangte. „Sind wir etwa argwöhnisch?“

„Nur, wenn du hereinkommst und mich *Alpha* nennst, anstatt dein übliches, weniger auf der Hierarchie beruhendes ‚hey, Arschgesicht, wie läufts?‘.“

Lara hob den Blick kurz zur Decke, ehe sie breit genug grinste, um Zähne zu zeigen. „Ich schätze, ich wollte mal meine Manieren einsetzen, da ich um einen Gefallen bitten möchte.“

Crystal rollte ihren Sessel weit genug nach hinten, um sich zurückzulehnen und die Beine auf die Tischfläche zu legen. „Oh, du willst dich einschleimen. Das weiß ich zu schätzen. Bitte.“ Sie deutete auf den Stuhl vor ihrem Schreibtisch. „Mach es dir bequem, während du mir die Stiefel leckst.“

Im Geiste ging Lara rasch die Möglichkeiten durch. Sie hatte eine echte Bitte an Crystal, eine kleine, die sie besprechen wollte, aber im Lichte der Unterhaltung, die sie mitgehört hatte, war es vielleicht gut, diese Gelegenheit besser zu nutzen.

Vielleicht würde es helfen, deutlich und plump zu sein. Es war ja nicht so, als würde Crystal je erwarten, dass Lara sich bei ihr einschleimte.

Was gut war, denn Lara schleimte nicht.

„Ich wollte dich wissen lassen, dass ich die Security-Begutachtung für Midnight Inc. abgeschlossen und ein paar

Stellen modernisiert habe, wo es Probleme gab. Alles in allem sind wir top in Form."

Crystal nickte, ihr Blick war hart und abschätzend. „Schon fertig? Beeindruckend."

„Es wird keine Zeit verschwendet, wenn man weiß, was getan werden muss. Wir werden in Zukunft nur minimale Upgrades brauchen." Lara legte den Block auf den Tisch, beugte sich auf dem Sessel vor, um die Ellbogen auf die Knie zu stützen, während sie alles an ihrer Körpersprache stark und entschlossen wirken ließ, doch nicht herausfordernd. „Ich bin bereit, mich mehr in das Rudel einzubringen."

Crystals Mundwinkel krümmten sich leicht nach oben. „So begierig. Ich dachte, als du vor sechs Jahren die Stadt verlassen hast, warst du bereit, dich für immer vom Orion-Rudel abzuwenden."

„Ich war achtzehn und habe mich aufs College gefreut. Ich war sogar noch aufgeregter darüber, dem wachsamen Blick meiner fünf älteren Matriarchinnen zu entkommen", sagte Lara langsam. „Falls du dich noch erinnerst, haben alle noch zu Hause gewohnt. Du, Tante Amethyst und unsere drei Schwestern."

Crystal schnaubte. „O Gott, ja. Da stimme ich dir zu. Seitdem ich übernommen habe, nachdem Mom und Dad abgedankt haben, muss ich mich nur damit herumschlagen, dass Tante Amethyst mir über die Schulter schaut und Anmerkungen macht. So Sachen wie: ‚Oh, *das* ist ja eine seltsame Art, mit der Situation umzugehen' und das extrem aburteilende *,interessant'*, und das Schlimmste in der ganzen Reihe ..."

„Ist dieses tiefe *hmmm*, das sie von sich gibt und das einfach nur Missbilligung schreit, aber du kannst es ihr nicht sagen, weil sie eigentlich gar nichts sagt?", schlug Lara vor.

Crystals Augen strahlten. „Ich hasse dieses verdammte Geräusch."

Sie lachten beide spontan, und Hoffnung stieg in Laras Eingeweiden auf. Das war das, woran sie sich erinnerte. Die guten Zeiten. Die Verbindung.

Das Gefühl beinahe ausgeglichener Macht. Es hatte sie nie danach gedrängt, aber etwas in ihr sagte ihr immer, dass sie stark genug wäre, um Alpha zu sein, falls sie es wollte.

Natürlich könnten wir das. Macht könnte Spaß machen, sagte ihre Wölfin mit einem trägen Dehnen, wobei sie die Klauen anspannte.

Spaß? Eine Menge Arbeit.

Mit achtzehn hatte sie diese Art Verantwortung nicht gewollt. Nun würde sie sie übernehmen, falls es nötig war. Sie würde tun, was getan werden musste.

Rätselhafte Unterhaltung hin oder her, Lara hatte ihre Schwester immer bewundert ... bis die Gerüchte angefangen hatten. Ihre Eltern hatten die Stadt kurz nach Laras siebzehntem Geburtstag verlassen, doch Crystal hatte damals bereits seit ein paar Jahren das Sagen gehabt. Lara hatte zu Crystal und Tante Amethyst aufgeschaut, in den seltenen Augenblicken, in denen sie, ein sturer Teenager, die Notwendigkeit gespürt hatte, sich einen Rat zu holen.

Nun war das, was sie mehr als alles andere wollte, dass alle Geschäfte von Midnight Inc. ehrlich waren. Dass das Orion-Rudel ein felsenfester Teil der Gemeinschaft von Yellowknife war.

Ihre Schwester schwang die Füße zu Boden und beugte sich auch vor. „Ich bin froh zu sehen, dass du ein Interesse daran hast, deine Beteiligung in dieser Familie auszuweiten. Ich habe ebenfalls bereits darüber nachgedacht, ich wollte nur, dass du eintauchst und deine Ausbildung einsetzt, bevor du dich weiter in die Geschäfte des Rudels einarbeitest. Es war gut, dass du die Verantwortung für die Security von Midnight Inc. übernommen hast. Das hat allen gezeigt, wie kompetent du bist."

Lara hob die Hände. „Das bin doch ich, Ms. Kompetent. Mir gefällt meine Rolle bei der Security, versteh mich nicht falsch, aber ich habe das Gefühl, ich bin bereit für mehr."

Den Versuch, eine Öffnung aufzutun, um herauszufinden, worum es bei dieser mitgehörten Unterhaltung gegangen war, ohne zu sehr herumzustochern, war eine delikate Aufgabe.

Es gab einen Grund, weshalb Crystal die Alpha des Orion-Rudels war – sie war stark, mächtig, und sie war nicht dumm. Lara arbeitete schwer daran, ihre lockere und begierige Miene aufzubehalten. Das Letzte, was sie wollte, war, dass ihre Schwester argwöhnte, dass sie wusste, dass etwas im Busch war.

Eine unblutige Übernahme ...

Falls Midnight Inc. tatsächlich vorhatte, seinen stärksten Wettbewerber finanziell anzugreifen, war eine Art und Weise, die das ohne körperliche Auseinandersetzungen erreichte, sicher die bessere Alternative. Geschäfte, die von Shiftern betrieben wurden, neigten dazu, von den starren Herangehensweisen abzuweichen, wenn es um Geschäftspraktiken ging.

Das hieß, dass manchmal Rechnungen und Buchungsfehler mit Zähnen und Klauen diskutiert wurden. Das war aus so vielen Gründen nicht gut.

Also, ja, eine rechtmäßige Übernahme, die schnell und vollständig über die Bühne ging, war etwas Positives. Auf der anderen Seite hatte Lara ethische Standards, über die sie sich nicht hinwegsetzen wollte. Die Nutzung hinterhältiger oder illegaler Methoden, um Borealis Gems zu übernehmen oder aus dem Geschäft zu werfen, war für Lara ein eindeutiges Tabu.

Sie dachte gerne, dass das nicht einfach nur daran lag, dass ihr noch immer unwissender Partner einer der Erben der Konkurrenz war. Sie dachte gerne, dass es einfach eine Frage der Moral und Rechtschaffenheit war, aber Lara war klar, dass sie hormonell kompromittiert war, sodass sie keine vollständig reinen Motive von sich behaupten konnte.

Die Wahrheit war, dass sie nicht wollte, dass irgendetwas ihrem Partner schadete, selbst wenn sie niemals dazu kommen würde, ihm zu sagen, was er ihr bedeutete.

Dass er es war. Die eine und einzige Option, für immer und alle Ewigkeit. Denn war das nicht toll, das jemandem mitzuteilen? *Hey, ich weiß, dass du mich irgendwie total hasst, aber wenn du und ich das nicht zum Funktionieren bringen, werde ich ein ganzes Leben lang nach dir schmachten. Nicht nur, dass mir das Herz gebrochen wird, ich werde auch nie wieder Sex haben, denn du bist* es.

Nein, das baute überhaupt keinen Druck auf.

„Ich glaube, wir werden deine Fähigkeiten in Zukunft ein wenig breiter einsetzen können", bot Crystal an, was Laras abwegige Gedanken wieder zu dem Thema zurückbrachte, das vor ihr lag.

Lara schoss hoch. „Ich bin bereit."

„Ich bin bereit ... *Alpha*", berichtigte Crystal, ehe sie sich duckte, um dem Bleistift zu entgehen, den Lara ihr an den Kopf warf. „Aber ich habe etwas im Sinn. Es ist eine gute Möglichkeit, um Erfahrungen zu sammeln, doch deine Security-Ausbildung sollte dabei nicht erforderlich sein. Aber bleib wachsam. Obwohl ich will, dass du einen guten

Eindruck lieferst, will ich auch, dass du dich in Verstohlenheit übst. Wenn du weißt, was ich meine ..."

Dieser unverblümte Hinweis, der mit einem dramatischen Zwinkern dargeboten wurde, kam nahe an die Öffnung, die Lara brauchte.

Sie antwortete langsam: „Du meinst, während ich mich um diese Aufgabe kümmere, die du mir zuweist, sollte ich mich auch noch besonders gut umschauen?"

„Wenn es sich anbietet, ja. Außerdem musst du für mich ein wenig ... dichter an Leute ran. Du musst sicherstellen, dass man dir vertraut. Such dir Freunde. Das wird bei gewissen entscheidenden Augenblicken in der Zukunft ziemlich nützlich sein."

Durch Laras Gedanken rasten Verschwörungstheorien. Das klang so sehr nach den frühen Schritten einer Übernahme. Security-Ausbildung, Verstohlenheit. Entscheidende Augenblicke?

Crystal beäugte sie. „Zu schade, dass du noch keinen Partner hast. Das würde es leichter machen, bestimmte ... Projekte mit gewissen einflussreichen Paaren zu ... *diskutieren.*"

Was? O Gott, sie würde jetzt nicht mit Crystal über Partner reden. Nicht jetzt. Lara hob eine Augenbraue, während sie das Gespräch in eine andere Richtung abbiegen ließ. „Ein Partner würde es auch schwieriger machen, sich anderen Individuen *dichter* anzunähern. Ähm."

„O. Ich schätze, da hast du recht." Crystal wedelte mit der Hand. „Keine Sorge, wir kümmern uns um dieses Problem später."

Später, also sehr viel später, wenn man Lara fragte. Sie setzte eine neutrale Miene auf und nickte knapp. „Ich werde mein Bestes tun."

*E*in paar Stunden später stand Lara draußen vor dem Rudelhaus, glänzend herausgeputzt. Ihre eleganteste Handtasche hatte sie sich unter den Arm geklemmt, dabei lehnte sie behutsam an der Wand und schaute auf ihr Telefon.

Während sie darauf wartete, zu dem großen Event abgeholt zu werden, an dem sie für Crystal teilnehmen sollte, führte Lara eine Chat-Konversation zu dritt mit den beiden Frauen, die seit ihrer Rückkehr in den Norden ihre besten Freundinnen geworden waren.

Obwohl sie unterschiedlicher nicht hätten sein können, waren Kaylee und Amber dick befreundet, aber sie hatten Lara nur zu gerne in ihre eng verbundene Gruppe aufgenommen.

Kaylee war eine in den Nordwestterritorien geborene Luchs-Shifterin, die kürzlich die Partnerin von Alex' jüngerem Bruder geworden war. Sie war schon lange mit der Borealis-Familie befreundet, und nun der Quell aller möglichen interessanten Eisbären-Fakten, die halfen, einen winzigen Teil von Laras unerwiderten Sehnsüchten nach allem zu füllen, was auch nur annähernd etwas Persönliches über ihren Partner war.

Amber Myawayan war eine japanisch-kanadische Frau, die vor ein paar Jahren in den Norden gekommen war, um nach ihrem vermissten Bruder zu suchen. Die klein gewachsene Menschenfrau schien überhaupt kein Problem damit zu haben, von Shiftern umgeben zu sein, und hatte die Rolle der Assistentin von Alex' ältestem Bruder Cooper inne, dem stellvertretenden Geschäftsführer von Borealis Gems.

Die drei Frauen hatten sich ursprünglich wegen eines gemeinsamen Interesses daran zusammengetan, allem Illegalen in ihren jeweiligen Firmen entgegenzutreten. Seither hatten sie eine sogar noch größere Aufgabe auf ihre Liste gesetzt: die beste Quelle von Schokolade aufzutun, mindestens neunzig Prozent rein, in allen unterschiedlichen Geschmackskombinationen, die in drei Tagen in den Norden geliefert werden konnte.

Zum Großteil jedoch waren sie Freundinnen.

Kaylee: *Und dann hat Crystal dir eine PR-Aufgabe gegeben? Was hat Öffentlichkeitsarbeit auch nur annähernd mit der feindlichen Übernahme einer anderen Firma zu tun?*

Lara: *Keine Ahnung, aber inzwischen würde ich alles tun, um meine Familie dazu zu bringen, sich mir anzuvertrauen. Es war sinnvoll, dass keiner mich wissen ließ, was vorging, während ich in den letzten paar Jahren am College war, aber ich bin inzwischen seit sechs Monaten zu Hause. Es ist Zeit, dass sie mich in die Unterhaltungen im Hinterzimmer miteinbeziehen.*

Amber: *Na, betrachten wir das doch als positive Entwicklung. Ich kann dir auf jeden Fall sagen, dass Crystal sich das nicht einfach als Aufgabe ausgedacht hat, um deine*

Treue zu überprüfen. Heute Abend ist eine große Sache, also vertraut sie dir ein echtes Problem an.

Lara: *Ich bin mir nicht so sicher, woher du dieses Zeug weißt, aber danke? Ich schätze, das bedeutet, dass ich tatsächlich nett zu Menschen sein muss. Wie seltsam ist das denn?*

Kaylee: *Tu doch nicht so. Du *bist* total nett*

Lara: *Ich suche eigentlich nach dem kotzenden Emoji*

Amber: *Ich stimme Kaylee zu. Du bist ein toller Mensch – der zufällig jeden Muskelprotz zu Boden ringen kann, der seine Hände nicht bei sich behält. Ehrlich gesagt glaube ich, dass du toll in der Öffentlichkeitsarbeit bist. Fang einfach nur keinen Streit an. Oder beende keinen. Oder eigentlich … versuche einfach, deine Ninja-Fähigkeiten nicht einzusetzen.*

Lara: *Ich dachte, du hättest gesagt, ich wäre nett! Also sagst du, wenn eine „hitzige Diskussion" im Lauf des Essens auftaucht, soll ich keinen meiner Dinner-Begleiter auf den Boden werfen und ihm Erbsen in die Nase stopfen? Kein Problem. Hoffen wir doch, dass keiner teilnimmt, bei dem mir die Haare zu Berge stehen.*

Das kleine *schreibt*-Symbol wurde sichtbar, um zu zeigen, dass Amber einen Text aufsetzte. Es blieb. Verschwand. Erschien wieder. Verschwand.

Amber: *schreibt …*

Sie machte es schon wieder. Amber hatte diese nervige Angewohnheit, etwas mitteilen zu wollen, und es dann fünfzig Millionen Mal neu ausdrücken zu müssen.

Kaylee: *Um Himmels Willen, jetzt spuck's aus.*

Lara: *Genau, sie sagt es.*

Amber: *Also gut. Ich habe mit mir gerungen, ob ich dich warnen soll, denn niemand soll wissen, wer sonst noch eingeladen ist, aber du bist meine Freundin. Ich weiß nicht, was ich mit der Tatsache anfangen soll, dass mich die Organisatoren kontaktiert haben, was bedeutet, dass ich die meisten Eingeladenen kenne. Alex wird dort sein, das ist alles, was ich zu sagen habe, und viel Glück, und, o mein Gott, bring ihn nicht um.*

Lara las den Ausbruch mit zunehmender Sorge und hielt inne, als sie zum wichtigsten Detail in Ambers Nachricht kam.

Alex würde dort sein.

Toll.

Fantastisch.

Sie hatte keine Ahnung, was mit dem Orion-Rudel los war, und nun würde sie plötzlich irgendein extravagantes Dinner mit Alex aufsuchen, wo sie eine Meinung über schickes Essen zum besten geben musste, wenn sie doch nur daran denken konnte, wie sehr sie ihm auf den Schoß steigen wollte?

Ihre Schwester hatte ihr befohlen, dichter an Leute ranzukommen. Leute wie ... Alex?

Null Problemo.

Sie wollte gerade eine weitere Nachricht abschicken, als eine schnittige, schwarze Stretch-Limousine vor ihr anhielt. Die Beifahrertür öffnete sich auf der gegenüberliegenden Seite, ein Kopf kam in Sicht, und sie erstarrte.

Sogar mit Vorwarnung lähmte sie der erste Anblick des Bären-Shifters. Er streckte seine langen Glieder und seinen muskulösen Torso, um herauszugleiten und sich hinzustellen. Sein Kopf ruckte zu ihr herum, während er um die Rückseite der Limousine ging und sich näherte wie das Raubtier, das er war.

Ein ziemlich köstlich aussehendes Raubtier, das in einen makellosen schwarzen Anzug mit einem gestärkten weißen Hemd gekleidet war, das unter dem schmalen Revers hervorlugte. Seine Haare waren perfekt bis auf die eine unkooperative Locke, die gerade lang genug war, um sich verführerisch in seine Stirn zu legen. Er war sauber rasiert, doch ein Hinweis auf seinen heftigen Bartwuchs zeigte sich als Schatten auf seinem kantigen Kinn.

Perfektion und Verlangen, serviert in Armani.

Er blieb einen Meter entfernt stehen, zog seine Sonnenbrille herab, um sie in seine tiefbraunen Augen schauen zu lassen, seine Pupillen weiteten sich sichtlich, während er sie musterte.

Sie wusste, dass sie gut aussah. Ihr hautenges meerblaues Kleid schmiegte sich an ihre Kurven, und ihre Zwölf-Zentimeter-Absätze glitzerten wie Sternenstaub. Ihre langen Haare waren auf dem Kopf zu einer etwas eleganteren Hochsteckfrisur aufgetürmt als ihr normaler Pferdeschwanz, jeder Zentimeter ordentlich an Ort und Stelle, bis auf die Locken, die an jeder Seite ihres Gesichts herabfielen. Diamantohrringe und ein einfaches tropfenförmiges Diamanthalsband komplettierten das Outfit.

Seine Augen blitzten, und ein tiefes Geräusch grollte aus seiner Brust herauf – und verdammt – ein bedürftiges Pulsieren traf sie direkt zwischen die Beine.

Alex holte tief Luft, als wolle er etwas sagen. Seine Nasenflügel weiteten sich, seine Augen wurden groß, und sein Knurren wurde noch etwas tiefer.

Sie zog es in Erwägung, das Gesicht in den Händen zu vergraben. Toll. Er konnte riechen, wie angeturnt sie nur davon war, ihn anzusehen.

„Lara." Seine Stimme – purer auditiver Sex.

Sie starrte zurück, der Puls in ihrer Kehle hämmerte unkontrolliert. „Entschuldige mich."

Lara riss den Blick los, drehte sich leicht, um ihn an den Rand ihres Sichtfeldes zu verfrachten, und schickte eine weitere Nachricht los.

Lara: *Vielleicht wollte ihr lieber einen Krankenwagen in Alarmbereitschaft versetzen. Ich schätze, irgendwer wird verletzt.*

Kaylee: *Was? Warum?*

Lara: *Hier ist eine Limousine, um mich abzuholen. Und es ist er – Alex – und er trägt einen Anzug, und obwohl er mich anfunkelt, habe ich gerade meine Zunge verschluckt.*

Kaylee: *Wäre witziger, wenn du seine Zunge verschluckst.*

Amber: *Kaylee! Du willst, dass sie sich an Alex ranmacht? Er ist immer so steif.*

Kaylee: *Ich kichere, weil ich zwölf bin. Hehe. Steif.*

Amber: *Aufhören. Keine Sex-Witze! Kein Sex.*

Kaylee: *Warum? Ich meine, warum nicht? Ein bisschen Küssen, mehr, wenn eine Möglichkeit hochkommt? (Hahaha – hochkommt –lol!) Es ist ja nicht so, als würde man sofort zu Partnern, wenn man zusammenkommt oder so. Vertraue mir, ich kenne ihn. Eisbären sind stur, und die Paarbindung erfordert, dass *beide* Seiten 100 Prozent der wahren Liebe für immer zustimmen. Erinnert ihr euch, wie ich vor ein paar Wochen, als ich zur Besinnung gekommen bin, diese Sache mit dem magischen Leuchten aus die Schöne und das Biest getan habe?*

Amber: *Wir können das irgendwann in Zukunft genauer diskutieren, aber in der Zwischenzeit, Lara, warum bist du noch online? Wartet nicht eine Limousine auf dich?*

Ups.

Lara steckte das Telefon weg, dann sah sie auf, um festzustellen, dass Alex seine riesigen Arme vor der Brust verschränkt hatte, total genervt davon, ignoriert zu werden, was der Grund war, weshalb sie es getan hatte.

Es war besser, dass er wütend auf sie war, als sie mit Sex-Augen anzustarren.

Es gefällt mir nicht, fies zu ihm zu sein, seufzte ihre innere Wölfin unglücklich.

Ich versuche nur, uns zu schützen, sagte Lara.

Ich weiß.

Zusammen waren sie beide hoffnungslos lusterfüllt und beinahe panisch, weil sie wollten, dass die Paarbindung geschah. Obwohl dieser kleine Happen darüber, dass Küssen und sogar Sex nicht ausreichten, um Alex zu zwingen, ihr Partner zu werden, ein brauchbares Stück Information war.

Trotzdem war körperlicher Kontakt gefährlich. Extrem gefährlich. Selbst die Art, die sie jetzt vor sich hatte, als Alex eine Hand ausstreckte.

Instinktiv nahm sie sie, die Augen auf seine gerichtet. Beide standen sie einen Augenblick lang reglos. Wortlos.

Denn obwohl Lara in der Nachricht an ihre Freundinnen zum Großteil Witze gemacht hatte, wusste sie auch, dass ihre Vorhersage hundertprozentig wahr war.

Jemand würde verletzt werden, und es war leider sicher, dass dieser Jemand sie sein würde.

6

Die Lust hatte Alex Borealis völlig im Griff.

Sein Bär war auf einmal sprachlos, was etwas Gutes war, denn Alex hatte das Gefühl, wenn das Wesen nicht so verblüfft gewesen wäre, hätte es alle möglichen schlimmen Verhaltensweisen vorgeschlagen. Schreckliche, gefährliche Dinge, wie etwa Laras Finger an den Mund zu heben, um sinnlich daran zu lecken. Darauf würde eine noch tiefergehende Erforschung ihrer Haut erfolgen, den Arm hinauf, den Körper hinab, bis er jene nach Honig duftende Stelle fand und sie vor Vergnügen zum Schreien brachte.

Mein Gott, sie roch fantastisch.

Die goldenen Sprengsel in ihren Augen waren ein Echo der Süße, die um sie herum in der Luft trieb, und in diesem Augenblick dachte Alex nicht daran, dass sie vermutlich nichts Gutes für seine Familie im Schilde führte.

Er dachte eigentlich an gar nichts, außer, wie sehr er sie in die Arme nehmen und eine Weile dicht an sich gedrückt halten wollte, ein Vorspiel dafür, sie aus diesem Kleid zu schälen und sich sogar noch länger Zeit zu nehmen, um die nächste Stufe des Abenteuers zu genießen.

Geh zu diesem schicken Essen, haben sie gesagt. Es wird ganz einfach, haben sie gesagt ...

Ein festes Ziehen machte sich an seinen Fingern bemerkbar. „Alex. Wir müssen los."

Du meine Güte. Wie lange hatte er versunken da gestanden?

Lara kam näher und machte Anstalten, sich um ihn herum zu schlängeln.

Auf keinen Fall. Für heute Abend hatte nicht auf der Agenda gestanden, sich mit seiner unerklärlichen Lust auf diese Frau herumzuschlagen, und er würde nicht zulassen, dass sie ihn irgendwie anders als völlig unter Kontrolle zu sehen bekam.

Er schob ihre Finger in seine Armbeuge, führte sie zur Tür der Limousine und holte seinen Charme aus dem staubigen Dachboden, auf den er sich offensichtlich geflüchtet hatte.

„Bitte gestatte mir." Er öffnete die Tür, hielt ihre Hand aber fest.

Sie drehte sich, um ihren hübschen Hintern elegant auf den Ledersitz zu setzen. Fünf Trillionen Meilen sexy nackter Beine brüllten ihn an, ehe Lara sie zart in die Limousine hob.

Dieser eine Blick war alles, was nötig war, um alles zur Verfügung stehende Blut nach unten rauschen zu lassen. Er nahm sich Zeit, rund um das Fahrzeug zu gehen, weil er hoffte, der Druck auf seinen Schwanz würde so weit nachlassen, dass er sich neben sie setzen konnte, ohne eine dauerhafte Verletzung zu riskieren.

Das bisschen Kontrolle, dass er wiedergewonnen hatte,

verschwand in dem Augenblick, in dem er die Tür öffnete und ihr Geruch auf ihn einströmte.

Das war kein Ständer, das war Beton.

Trotzdem setzte er sich hin und versuchte, so auszusehen, als hätte er kein Problem in seiner Hose. Er klopfte auf die Seite des Autos, um den Fahrer wissen zu lassen, dass sie bereit waren, dann lehnte er sich zurück und streckte die Beine aus.

Das Auto fuhr an, und Alex wandte seine Aufmerksamkeit Lara zu. Er hatte erwartet, dass sie ihr Telefon in der Hand hielt und ihn ignorierte oder aus dem Fenster starrte. Zu seinem Entsetzen tat sie keines von beidem.

Sie musterte ihn. Der Blick jener goldbraunen Augen strich so eindrücklich über ihn, als hätte sie den Abstand zwischen ihnen überbrückt und die Hände eingesetzt. Auf ihren Wangen leuchtete Hitze, aber als ihre Musterung an seiner Lende ankam und ins Stocken geriet ...

Nein ...

Es war *ihre* Zunge, die hervorschoss, um eine leichte Spur aus Feuchtigkeit auf ihre Lippen zu legen, die ihn völlig an den Rand der geistigen Gesundheit trieb.

„Brauchst du was, Süße?" Seine Stimme war fast unverständlich, so tief und rau war sie.

Lara holte tief Luft, starrte ihn immer noch an, während sie ganz leicht die Haltung veränderte, sich in der Enge des Fahrzeugs von ihm wegbeugte.

Ihre Finger spielten mit dem Saum ihres Kleides.

Er wollte derjenige sein, der über den schimmernden Stoff und die nackte Haut daneben strich. Er wollte es so sehr, dass er geschworen hätte, dass sein Pelz deutlich sichtbar an die Oberfläche kam.

Alex wartete, seine Hände lagen reglos auf seinen eigenen verdammten Oberschenkeln.

Die Stille dehnte sich zwischen ihnen. Sein Gehör war über alle Maßen geschärft, und jeder zittrige Atemzug von ihr strich vor Verlangen über seinen Körper.

Schließlich sagte sie etwas, neigte das Kinn nach oben. „Es tut mir leid. Ich wusste nicht, dass du heute Abend teilnehmen würdest, sonst hätte ich eine Möglichkeit gefunden, mich zu entschuldigen."

Was zum Teufel? „Warum?"

Verwirrung füllte ihre Augen bei seiner aus einem Wort bestehenden Frage. „Weil es ein besonderer Abend mit angeblich spektakulärem Essen ist, und nun wird er ruiniert."

Er vertraute ihr nicht. Er wollte sie trotzdem noch mehr als seinen nächsten Atemzug. Er wollte wissen, was sie vorhatte. Er wollte sie auf die nächste passende Fläche legen und sie ficken, bis sie beide vor Lust ohnmächtig wurden.

Ja, sich widersprechende Gefühle liefen völlig Amok, wenn es um diese Frau ging, aber es war der unerwartete Nebenkriegsschauplatz der Enttäuschung in Alex' Bauch, der ihm am meisten zu schaffen machte. „Du magst mich so wenig, dass dir meine Anwesenheit den Appetit verdirbt?"

Laras Verwirrung wurde zu einem Stirnrunzeln. „Nicht ich, du. Du magst *mich* nicht."

Sie macht sich Sorgen um ... dich? Das heißt, dass sie uns mag!!! Sein Bär sprang von A nach Z und fing an, sich sie beiden im Bett vorzustellen, ehe Alex einen Widerspruch einlegen konnte.

Er schüttelte den Kopf, um sich von den sexy Bildern zu befreien, die auf sein Gehirn eindrangen. *Hör jetzt auf, oder ich esse einen Monat lang vegan.*

Sein Bär knurrte.

Nur ein paar Meter von ihm entfernt machte sich Lara bereit, als wäre sie auf einen Angriff gefasst. „Alex?"

„Tut mir leid. Bärenproblem. Er benimmt sich wie ein Bastard." Er war ein wenig schockiert, dass er die Erklärung so rasch hervorgestoßen hatte.

Verständnis und ein trockenes Lächeln machten ihre Züge weicher, und darum wirkte sie verspielt anstelle von traurig. „Meine Wölfin macht das auch mit mir."

Der Befehl seiner Brüder, nett zu sein, dröhnte laut durch seine Gedanken. Da ihm so viel von dem, was hier los war, unverständlich blieb, bot ihm die Annahme, dass er diese Warnung brauchte, einen guten Einstieg, um den Abend neu anzufangen.

Er und Lara waren nicht befreundet, aber er war sich nicht sicher, ob sie wirklich Feinde waren. Vielleicht gab es einen Mittelweg?

Einen, bei dem es um Sex geht? Sein Bär machte diese Anmerkung, dann verzog er sich klugerweise.

Alex stützte sich auf die Ellbogen, holte noch einmal tief Luft und nahm ihren erstaunlichen Geruch auf. Er ließ den Blick ein letztes Mal wertschätzend über ihre Kurven schweifen, ehe er ihn hob, um ihr in die Augen zu schauen.

„Soll ich aufrichtig sein? Es ist nicht so, dass ich dich nicht mag, Lara. Es ist nur so, dass ich vielleicht deine … *Vorzüge* … ein wenig mehr zu schätzen weiß, als es angemessen ist, wenn man das Gesamtbild betrachtet."

Ihr Mund öffnete sich zu einem kleinen, überraschten O.

Er würde direkt zur Hölle fahren für all die schmutzigen Dinge, die er mit diesem süßen Mund anstellen wollte.

Die Limousine fuhr vor das Grand Hotel und brachte

so sämtliche weitere Unterhaltungen bezüglich seines explosiven Kommentars zum Schweigen.

Alex eilte herum, um die Tür zu öffnen, und genoss es, wie sie sich sexy aufrichtete. Sein Bär war auch dieser Ansicht; er grollte fröhlich, während sie ihre Beine und diese Killer-Absätze anstarrten, die ihre Füße zierten.

Seine Stimme war nicht weit von einem Knurren entfernt. „Ich würde dich warnen, dass du auf dem Kopfsteinpflaster aufpassen sollst, aber ich wette, du könntest in diesen sexy Dingern auch auf einen Berg steigen."

Lara rückte näher, legte höflich die Finger um seinen Ellbogen. „Ein weiteres Kompliment. Alex Borealis, wenn du nicht aufpasst, argwöhne ich noch, dass man dich entführt und dir eine Gehirnwäsche verpasst hat."

Er kicherte, dann führte er sie durch die Masse an Menschen, die sich um den Eingang scharten, angezogen von den Kameras und den Scheinwerfern, die für etwas aufgestellt waren, das eine Filmcrew zu sein schien.

Das Hauptfoyer des Gebäudes war in üppigen Holztönen gehalten, mit viel Raum nach oben, beeindruckend und mächtig durch seine überwältigende Zurschaustellung der Architektur des Nordens. Elegant gekleidete Paare standen in kleinen Trauben beisammen, während sie darauf warteten, dass die Organisatoren sie in den Hauptsaal baten.

Ein vertrautes Paar stand an einer Seite der Tür, plauderte mit den anderen. Sein Opa und seine Großmutter waren beide schick angezogen und offensichtlich bereit, an diesem Abend auszugehen.

Verwirrung traf ihn. Die Chancen, dass die beiden heute Abend hier waren und *nicht* dieses Event besuchten? Kaum oder gar nicht vorhanden. Was bedeutete, dass Alex sich für nichts aufgemotzt hatte, ganz zu schweigen von den Vorträgen von seinen Brüdern, die er hatte ertragen müssen, und der sexuellen Qual während der Fahrt in der Limousine. Entweder hatte James es vermasselt – unwahrscheinlich – oder Opa hatte es vermasselt. *Schon wieder.*

Gut. Jeder machte Fehler, aber mit diesem und dem davor, die ihn beide auf einen Kollisionskurs mit Lara gebracht hatten, musste Alex den alten Mann entweder tadeln oder noch genauer nach einsetzender Senilität Ausschau halten.

Ablenkung erschien in der Gestalt eines riesigen Mannes, der am Rande des Raumes herumlungerte. Dieser Riese schien vertraut, aber erst als der Blick des Mannes sich auf Lara richtete und er die Augen wütend zusammenkniff, erkannte Alex ihn. Es war einer der Männer, der im vorigen Monat die Schlägerei in der *Diamond Tavern* angefangen und sich als Verlierer gegen Laras mächtige Moves erwiesen hatte.

Mr. Unruhestifter bahnte sich einen Weg nach vorn, in seiner Art der Annäherung lag nichts Freundliches.

Lara sah ihn auch, ein leiser Fluch kam über ihre Lippen, während sie einen Blick hinauf zu Alex warf. Ihre Miene spannte sich an, dann wirkte sie entschlossen. „Spiel mit, bitte", murmelte sie einen Augenblick, ehe sie ihren Oberkörper fester an seinen schmiegte.

Instinktiv legte Alex eine Hand um sie, seine Handfläche fest auf ihrem Rücken. Als sie sich drehte, ging er mit, und im nächsten Augenblick standen sie als einheitliche Front vor dem kampflustigen Shifter.

Wenn man die Größe der möglichen Schwierigkeiten vor ihnen betrachtete, hätte Alex tatsächlich mehr Aufmerksamkeit auf den Mann richten sollen, aber die

Ablenkung der nach Honig duftenden Lara war überraschend stark. Die Hitze und Lust des Kontakts mit ihrer bloßen Haut tänzelten durch ihn hindurch. Das Verlangen schlug zu, zusammen mit einem entsprechenden Anstieg seines Adrenalins. Ein weit entfernter Teil von ihm bereitete sich auf einen Kampf vor.

Der Mann war beinahe schon über Lara, ehe er stolpernd zum Stehen kam, sein Blick huschte zur Seite, um Alex zu mustern, abzuschätzen, wie nahe sie beieinanderstanden. Und er bemerkte definitiv die gebleckten Zähne, die Alex in seinem äußerst gespielten Lächeln zeigte.

Der Mann schaute zwischen ihnen hin und her, ehe er ein frustriertes Knurren ausstieß. Dann änderte er den Kurs und entfernte sich von der Menschenansammlung in die Schatten.

Lara stieß einen leisen Atemzug aus, ehe sie sich an Alex lehnte. Ihre Lippen streiften sein Ohr, als sie ihm ihren Dank ins Ohr flüsterte und hinzufügte: „Ich wollte mich jetzt wirklich nicht damit beschäftigen."

Normalerweise hätte er sich geärgert, weil der Kampf ausgeblieben war, aber aus irgendeinem Grund machte es ihm diesmal nichts aus. Tatsächlich, wenn sie sich den ganzen Abend lang so an ihn drückte, würde es ihm gar nichts ausmachen.

Als er sich wieder dem Raum zuwandte, stellte er fest, dass eine heftige finstere, missbilligende Miene auf das Gesicht seines Opas getreten war, sein Blick auf den beschützend um Lara gelegten Arm von Alex gerichtet ...

Der Geruch ihrer Haut drang durch Alex' Organismus, und sein Bär grollte glücklich.

Bleiben wir beim Wolf?, schlug seine innere Bestie vor.

Oh, ja, das war eine wunderbare Idee.

Die Art, wie Giles Borealis vor ein paar Wochen ganz nebenher Lara beschrieben hatte, kam ihm in den Sinn. Opa hatte gedacht, diese Frau wäre ein kalter Fisch und der Beachtung eines Borealis nicht würdig. Wie sehr würde es den alten Mann ärgern, wenn Alex an ihrer Seite blieb, den ganzen Abend lang, und sie mit seiner Aufmerksamkeit bedachte?

Als Bonus würde dieses schmutzige Spiel ihm die Gelegenheit verschaffen, Lara sehr, sehr genau im Blick zu behalten. Das würde sie vermutlich höllisch verwirren.

Einfach und fies. Perfekt. Und er konnte all das tun, während er charmant und nett blieb, wie er es seinen Brüdern versprochen hatte.

Mit einem funktionierenden Plan am Start beugte sich Alex dicht heran, seine Lippen an Laras Ohr. „Hier gibt es leckeres Essen, und wir wissen beide, dass es gut für unsere Firmen ist, der Welt ein positives Gesicht zu präsentieren. Unter diesen Umständen bin ich froh, deine Gesellschaft zu genießen."

7

Ihr Griff auf Alex' Arm wurde fester, ehe sie entschlossen das Kinn neigte.

Er führte sie zu der Versammlung, Lara hielt er an seiner Seite. Die Gruppe teilte sich in unterschiedliche Richtungen auf, als die Organisatoren die Leitung des Abends übernahmen. Und obwohl er seinen Großvater aus den Augen verlor, ging ansonsten noch genügend vor, um Alex' Aufmerksamkeit zu binden.

Der Bankettsaal war mit einer Reihe kleiner, runder Tische ausgestattet, die vier Leuten komfortabel Platz boten. An der Außenseite des Raumes wurden dampfende Teller mit Essen auf lange Tische gestellt, und der Geruch, der davon aufstieg, machte ihm den Mund wässrig.

Alle fünfzehn bis zwanzig Minuten läutete eine kleine Glocke, und alle erhoben sich und gingen zum nächsten Tisch auf ihrer personalisierten Liste. Sie holten sich neue Teller mit frischen Speisen und setzten sich an einen anderen Platz, um sich mit neuen Tischgefährten zu unterhalten.

Während das Dinner voranschritt, machten das gute Essen und die gute Unterhaltung kaum einen Eindruck auf Alex' Wahrnehmung von Lara an seiner Seite. Ihr Geruch bohrte sich durch all seine Sinne. Die Hitze ihrer Berührung machte ihn stetig süchtiger, und wenn sie ihm eine Hand auf den Arm legte, während sie über die Bemerkung eines ihrer Gefährten lachte, musste Alex zugeben, dass er nicht im Mindesten leiden musste.

Erst beim allerletzten Platzwechsel endeten sie zusammen mit seiner Großmutter und seinem Großvater.

Es war Zeit, eine Nummer hinzulegen.

Alex zog einen Stuhl neben seiner Großmutter für Lara heraus. Er beugte sich vor und drückte ihr sanft die Lippen auf die Wange. „Entspann dich, Süße. Ich hole uns noch was zu trinken."

In ihren Augen blitzte etwas, das vielleicht eine Warnung war, aber sie lächelte weiter. „Danke, *Schatz*. Das ist die perfekte Gelegenheit, dass ich deiner Großmutter ein paar Fragen stelle."

Verflixt. Die beiden allein zu lassen, war nicht unbedingt die beste Idee, besonders, da sein Opa nirgendwo in Sicht war.

Aber Oma Laureen scheuchte ihn weg. „Geh schon, Alex. Lara kommt gut mit mir aus."

Als er zögerte, hob sie eine Augenbraue, ihr eisernes Rückgrat zeigte sich eindeutig, noch während sie unterwürfig lächelte. Die Frau hielt es seit zig Jahren mit Opa aus. Die Annahme, dass sie so stur war wie sie alle, war nur vernünftig.

Lara schürzte die Lippen und warf ihm nickend einen Luftkuss zu. Alex verdrehte gespielt die Augen, während er vom Tisch wegtrat, um ihnen etwas zu trinken zu holen.

Er hatte gerade erst zwei neue Gläser eines exzellenten Merlot von der Weinbar geholt, als er sich umdrehte, um festzustellen, dass er einen sehr enttäuschten Blick abbekam.

„Was hast du nur vor, Junge?", wollte Opa wissen.

Es war befriedigend, sich dumm zu stellen. „Wein trinken."

Die Furche zwischen den Augenbrauen seines Opas vertiefte sich, während sein Blick zurück zum Tisch ging, wo Lara und seine Großmutter plauderten. „Möchtest du vielleicht erklären, was du mit *dieser* Frau anstellst?"

„Ich dachte, du bewunderst sie? Du hast gesagt, sie wäre eine Sicherheitsexpertin?" Es machte Spaß, dem alten Mann seine Worte vor die Füße zu werfen.

Ein unwirsches Geräusch entwich seinem Großvater. „Ich habe gesagt, sie wäre die Einzige aus einer schlimmen Bande mit etwas, das einem Gehirn nahekommt, aber ich war da beim Geschäft, nicht beim Vergnügen. Die Frau ist ganz falsch für dich. Es ist lächerlich zu sehen, wie du um sie herumschwirrst. Sie spielt dich aus, ich sag's dir. Ganz bestimmt wäre sie nie an deinem Typ interessiert, und das ist auch gut so."

„*Meinem* Typ?" Alex war nicht sicher, ob er amüsiert oder verärgert sein sollte. „Ich bin ein großartiger Typ – unvorhersehbar. Und natürlich ist sie an mir interessiert. Ich bin ein Borealis."

„Quatsch! Hübsch, das gestehe ich ihr zu, aber ein kalter Fisch. Kluger Kopf – gut mit Security offensichtlich –, aber da ist nichts, was einen Mann wärmen und ihn glücklich halten könnte." Sein Großvater hielt inne, Verständnis hellte sein Gesicht auf, während er entschieden nickte. „Oh, ich verstehe. Du tust offensichtlich deine Pflicht für die Firma. Genialer Einfall.

Ich weiß das zu schätzen. Wie schrecklich allerdings, sich mit ihr abgeben zu müssen. Übertreibe es nicht. Es lässt dich dumm aussehen, wenn du jemanden anschmachtest, der so eindeutig unpassend ist."

Purer Zorn schoss doch Alex hindurch. Erstens wirkte er nicht lächerlich, und zweitens ... Was zum Teufel stimmte nicht mit dem Augenlicht seines Großvaters? Wurde er auch blind, zusätzlich zu senil?

Kalter Fisch? *Lara?*

Seine Antwort kam sehr viel eisiger heraus, als er es üblicherweise beim Familienpatriarchen machen würde. „Wie wäre es, wenn du dich um deine Frau kümmerst, und ich mache, was ich verdammt nochmal will?"

„Pass auf deine Manieren auf, Junge", tadelte ihn Großvater Giles scharf.

Alex verneigte sich leicht. „Natürlich. Wenn es dir nichts ausmacht?"

Ehe der alte Mann einen Widerspruch einlegen konnte, stellte Alex die Weingläser, die er hielt, auf das Tablett, dass Opa Giles balancierte. Dann machte er auf dem Absatz kehrt und marschierte im Stechschritt zurück zum Tisch, wodurch er es seinem Opa überließ, vorsichtiger nachzukommen, weil er sich bemühen musste, alles im Gleichgewicht zu halten.

Er beugte sich vor, um seiner Großmutter einen Kuss auf die Wange zu drücken. „Hast du dich gut um meine Lara gekümmert?"

Großmutter Laureen blinzelte, als er sie so nebenbei für sich beanspruchte, aber in weniger als einer Sekunde wurde ihr Lächeln breiter, um auch Lara einzuschließen. „Es war wunderbar. Wusstest du, dass sie am College an meiner Alma Mater war?"

„Das wusste ich nicht." Alex erwischte Lara an der

Hand und zog sie hoch, als Opa gerade mit ziemlich rotem Gesicht und schnaufend ankam, weil er anderen hatte ausweichen müssen, um zu ihrem Tisch zu gelangen. „Entschuldigt uns. Ich muss mich unter vier Augen mit Lara unterhalten.“

„Es war schön, Sie kennenzulernen.“ Lara musste die Bemerkung über die Schulter werfen, denn Alex hielt ihr Handgelenk fest und zerrte sie mehr oder weniger zur anderen Seite des Raumes. „Alex. Mach langsamer.“

Sie zogen Aufmerksamkeit auf sich, was genau das war, was er wollte. „Ich brauche deine Hilfe“, erklärte er offen. „Spiel mit.“

Vielleicht half es, dass er ihren Befehl von früher an diesem Abend nutzte. Ihre Haltung änderte sich sofort. Anstatt sich gegen ihn zu wehren, floss sie an seine Seite, stark und köstlich, wie eine nach Honig duftende Gefahr.

„Was ist los?“, fragte sie leise, musterte das Umfeld wie die ausgebildete Sicherheitsexpertin, die sie war.

Dort. Ein paar Schritte von ihnen entfernt war ein Lagerraum, aus dem vorhin die zusätzlichen Stühle herausgebracht worden waren.

Alex wirbelte Lara herum, dann nutzte er seinen Körper, um sie nach hinten zu drücken, bis sie zwischen ihm und der festen Holzfläche der Tür festsaß. Herrlich weiche Kurven und schwere Brüste pressten sich an seinen Oberkörper, während Lust durch seinen ganzen Körper strömte.

„Schlag mich nicht“, befahl Alex. „Und winde dich nicht. Du musst mich küssen. Sofort.“

Ihr Blick huschte über seine Schulter, und einen Sekundenbruchteil lang fragte er sich, ob sie seinen Bluff durchschauen würde.

Dann beugte er sich vor und drückte seine Lippen auf ihre. Ihre Hände legten sich um seine Schultern, Fingernägel bohrten sich in seine Muskeln. Enthusiasmus und Feuer brannten in ihrem Kuss, als hätte sie ihr ganzes Leben auf diese Gelegenheit gewartet.

Der Wunsch, seinen Opa zu ärgern, veränderte sich zu treibendem Verlangen.

Alex griff mit der rechten Hand um ihren Nacken und stürzte sich hundertprozentig hinein. Ihr Geschmack strömte auf ihn ein, ihr Oberkörper bewegte sich leicht an seinem, auf eine Art und Weise, die es ihr unmöglich machen würde, dass ihr der Allradantrieb entging, der unter der Vorderfront seiner Anzughose zum Leben erwachte.

Hinter ihnen wurden gedämpfte Unterhaltungen weitergeführt, während der Großteil des Raumes damit fortfuhr, die leckeren Häppchen zu verschlingen. Aber sein Opa schaute zu. Dessen war Alex sich sicher.

Gut. Kalter Fisch. Ha.

Er drehte am Türknauf, fing Lara auf, ehe sie stürzte, und folgte ihr dann in die Dunkelheit.

„Was …?"

Die Tür schloss sich klickend, und ihre Frage wurde von seinem Mund verschluckt, als er sich mehr holen wollte. Er hatte die Bestie freigesetzt, und auch wenn sie zu weit gehen würden, jetzt aufhören …?

Auf keinen Fall. Nicht, wenn sie ihn nicht dazu aufforderte.

Zu seinem verfickten Glück hatte Lara anscheinend nicht vor, eine solche Forderung zu stellen. Sie war der Aggressor, und obwohl ihre Wolfsklauen nicht ausgefahren waren, zerkratzte sie seine Schultern doch so sehr, dass brennende Striche aus Schmerz zurückblieben, während ihre Zungen miteinander rangen und hungrig um mehr kämpften.

Sie rieb sich an ihm, stöhnte gefrustet.

Alex ließ eine Hand nach unten gleiten, um ihr Kleid hoch genug zu zerren, dass er sich eines ihrer Beine schnappen und über seine Hüfte legen konnte. Die Hitze ihres Innersten drückte sich an seine Lende, und nur das Wissen, dass außerhalb der unversperrten Tür Menschen waren, darunter Familie, hielt ihn davon ab, seinen Reißverschluss aufzuzerren und sie hier und jetzt zu nehmen.

„*Ja.*" Ihr begeistertes Stöhnen glitt in einer Woge über seine Haut.

Ihr Kopf fiel nach hinten, und er drückte den Mund auf ihren Hals, saugte so fest, dass er ein Mal hinterließ. Das war Wahnsinn, es war unmöglich, aber während er die Hüfte wiegte, baute sich Feuer in seiner Wirbelsäule auf, die sich anbahnende Explosion war unvermeidlich.

Er drehte die Hüften, veränderte den Winkel, um perfekt mit der Hitze ihres Innersten in Kontakt zu kommen. Er bewegte sich nun langsamer. Rieb sie in einem stetigen, fordernden Rhythmus aneinander, sodass sie in seinem Griff bebte.

„Ich ... Oh, *mein* ..."

„Sag meinen Namen", forderte Alex. Er schnappte sich ihr Ohrläppchen mit den Zähnen, ehe er es in den Mund saugte. Ein leises Wimmern kam ihr über die Lippen. „*Sag ihn.*"

Wie sie ihn verstand, wusste er nicht. Seine Worte waren nicht mehr gewesen als ein kehliges Knurren, aber das nächste, was er mitbekam, war, dass sie ihm eine Hand in die Haare stieß und seinen Kopf weit genug zurückzog, um ihm in die Augen zu schauen, während sie seinen Namen in etwa siebenundzwanzig Silben aushauchte.

„Allleeeeeeexxxxx."

Er begrub ihren Mund unter seinem, bewegte die Hüften schneller, und als sie sich in seinen Armen auflöste, fing er ihren Schrei mit den Lippen auf, dann schloss er sich ihr bei der Erlösung an. Lust schoss durch sein System, so heftig, dass seine Beine beinahe nachgaben.

Sein Gewicht an ihr war das einzige, was ihn aufrecht hielt, und ihr heftiger Atem hallte durch das kleine Zimmer.

Befriedigung, ja, gefolgt vom sofortigen Verlangen nach mehr, und Alex lachte leise in der Dunkelheit.

Lara versteifte sich unter ihm. Er murmelte beruhigend, während er sie leicht mit der Nase an der glatten Seite ihres Halses anstieß. „Ich lache nicht über dich, Süße. Ich dachte nur daran, dass meine Brüder mir aufgetragen haben, dass ich heute Abend mein bestes Benehmen an den Tag legen soll. Ich versuche zu entscheiden, ob mir das ein Plus oder ein Minus einbringen würde, denn ich habe verdammt noch mal mein Bestes gegeben, wenn man die Umstände bedenkt."

Sie schnaubte, ehe sie zart hustete. „Meine Schwester hat mir aufgetragen, mir Freunde zu suchen. Ich glaube nicht, dass sie dabei Freunde mit gewissen Vorzügen gemeint hat."

Er kicherte wieder. „Wer hätte geahnt, dass wir beide so kooperativ sein können?"

Das stimmte.

Sie sammelten alles auf und richteten sich in der Dunkelheit auf. Alex war dankbar um sein bärengroßes Taschentuch, mit dem er sich um die Samurai kümmern konnte, aber er konnte nicht verhindern, dass er grinste. Es war klar, dass ein Teil der Anspannung zwischen ihnen nachgelassen hatte. Er vertraute ihr immer noch nicht – nicht ganz. Aber er war willens, das Risiko auf sich zu nehmen und genau herauszufinden, was sie vorhatte, bevor er sie als gefährlich einstufte. Denn eines war sicher – es musste mehr *davon* in der Zukunft geben.

8

Lara rieb sich die Schläfen, wollte, dass der Schmerz nachließ. Ihr ganzer Körper fühlte sich an wie auf einem Nadelkissen, und ihre Wölfin war bereit, durchzudrehen.

Es war fünf Tage, zwölf Stunden und siebenundfünfzig Minuten her, seit sie Alex zum letzten Mal gesehen hatte – vorübergehend, im Supermarkt. Und sie war *so* dicht dran gewesen, ihn auf den Boden zu ringen und hier und dort auszuziehen.

Fünf Tage, zwölf Stunden und achtundfünfzig Minuten.

Ja, sie hatte mitgezählt, und ihr war diese Tatsache nicht im Geringsten peinlich. Dass sie die Zeit im Auge hatte, gab ihr etwas Konkretes, über das sie nachdenken konnte, und das bedeutete, dass sie nicht nach draußen schlüpfte, um sich in ihre Wölfin zu verwandeln, damit sie seinen Hintern aufspüren und kriegen konnte, was sie wirklich wollte.

Dieses sexuelle Erlebnis in der Dunkelheit vor einer Woche hatte eine Tür geöffnet, die man lieber geschlossen gehalten hätte, und nun wurden die Sehnsüchte immer schlimmer.

Die einzige Art, diese unmögliche Situation durchzustehen, war Ablenkung und Routine. Sie nahm die Post, die sie sich aus dem Postfach des Rudels geholt hatte, und stapelte den Haufen ordentlich auf der linken Seite ihres Schreibtisches.

Mit dem Brieföffner in der Hand schlitzte sie den ersten Umschlag auf, bemühte sich sehr, sich nicht vorzustellen, diese Klinge über die Vorderseite des Hemdes eines gewissen Alex Borealis zu führen. Da ihre Gedanken schon Überstunden einlegten, stellte sie sich vor, wie Knöpfe in alle Richtungen flogen, ehe sie den frisch gebügelten Stoff zur Seite schob, um seine ableckwürdige Brust zu entblößen ...

Der Brieföffner rutschte ab, stach sie in den Ringfinger. Lara fluchte, und sie schob sich den aufgespießten Finger in den Mund, um den Schmerz zu lindern.

Toll. Fantastisch. Einfach famos.

Nun litt sie nicht nur Schmerzen, weil es ihr nicht gestattet war, den Mann zu berühren, sie tat sich auch noch selbst weh, während sie darüber nachdachte, den Mann zu berühren.

In den nächsten fünfzehn Minuten zwang sie ihre Wölfin dazu, sich zu benehmen, damit sie sich ausreichend konzentrieren konnte, um bei ihrer Aufgabe zu bleiben. Rechnungen auf einen Stapel, Korrespondenz für Midnight Inc. auf den anderen. Werbebriefe, die man wegwerfen konnte, auf den dritten.

Sie war fast fertig, als ein goldener Umschlag einen einfachen, rechteckigen Gutschein aus Karton zutage förderte.

Die Auserkorene des Bären (Borealis-Bären, Buch 2)

Glückwunsch!

Sie sind der Gewinner dieses Monats eines all-inclusive Aufenthalts für drei Nächte im

Shimmering Delights

Unser Weltklasse-Spa und Wellness-Center freut sich, Sie begrüßen zu dürfen. Seien Sie bereit, sich ins Vergnügen zu stürzen.

Bitte kontaktieren Sie uns wegen Ihres Ankunftsdatums und den Bonus-Entspannungspaketen, die am besten zu Ihnen passen. Wir freuen uns darauf, Ihr Gastgeber für das beeindruckendste Wochenende Ihres Lebens zu sein.

Lara starrte die Karte an. Las sie noch einmal.

Sie nahm den Umschlag – an Ms. Lazuli bei Midnight Inc. adressiert. Die einzigen anderen Einzelheiten standen auf der Rückseite der Karte. Die üblichen Hinweise im Kleingedruckten, dass man den Preis nicht ausbezahlt bekommen konnte, ihn so nehmen musste, wie er angeboten wurde, und so weiter und so fort.

Sie tippte *Shimmering Delights* in eine Suchmaschine. Nachdem sie die Webseite zwei Minuten lang betrachtet hatte, sabberte sie bereits. Das war nicht nur ein echter Ort; es war auch noch der Ort, der wohl dem Himmel auf Erden am nächsten kam.

Nur ...

War der Gutschein für Crystal oder für sie? Warum lag er ohne einen konkreten Namen im Postfach des Orion-Rudels? Noch wichtiger, war das Spa wirklich ein Spa, oder nur eine Fassade für etwas Finsteres? Geldwäsche. Schmuggel.

Mit aufkeimendem Argwohn rief Lara die Nummer auf der Karte an.

„*Shimmering Delights*. Hier ist Vanessa, wie kann ich Ihren Tag verzaubern?"

Lara presste die Lippen aufeinander, damit sie nicht kicherte. Okay, sie blieben ihrer Marke treu, aber trotzdem ... „Ich möchte herausfinden, ob das ein echter Geschenkgutschein ist, oder gefälscht."

„Damit kann ich Ihnen auf jeden Fall helfen", sagte Vanessa, Beruhigung und Sicherheit im Tonfall. „Wenn Sie auf der Rückseite ihrer Karte nachsehen könnten, in der Ecke oben links, sollte ein sechsstelliger alphanumerischer Code stehen."

Lara drehte die Karte um, überrascht, den Code genau dort zu finden, wo Vanessa es beschrieben hatte. Sie las ihn laut vor.

„Einen Augenblick, bis mein System die Informationen abruft."

Geduldiges Warten war nicht Laras Stärke. Nicht, während ihr ganzer Organismus vor Verlangen summte.

Zum Glück ging Vanessa nur einen Augenblick später wieder dran. „Habe ich das Vergnügen, mit Ms. Lara Lazuli zu sprechen?"

Uuuund da war Lara wieder argwöhnisch. „Woher wissen Sie das?"

„Die Information, die ich für diesen Code gespeichert habe, besagt, dass Sie die Empfängerin eines Wochenend-Wohlfühl-Pakets sind. Die Daten sagen mir auch, dass Sie an der Chance auf diesen Gewinn vor sechs Monaten teilgenommen haben, während Sie in Toronto einen Tag der offenen Tür besucht haben. Das Event hieß Zukunft im Tourismus."

Wow. Das war echt. Lara erinnerte sich eindeutig

daran, über diese Messe zu streifen und ihren Namen und ihre Kontaktinformationen – aus Sicherheitsgründen über Midnight Inc.– in jede mögliche Gewinnbox zu stopfen.

Sie blinzelte noch ein paarmal, dann ließ sie das zunehmende Glücksgefühl zu. „Na, ich schätze, das bin tatsächlich ich. Da sieh mal einer an, ich habe etwas anderes als einen Plüschbären auf dem Volksfest gewonnen.“

„Wunderbar. Sollen wir dann ein Datum für Ihren Ausflug ins *Shimmering Delights* vereinbaren?“, erwiderte Vanessa elegant. „Wir buchen gerade eben für den nächsten März.“

O mein Gott, *nein*. Bis dahin waren es noch sieben Monate. Das würde sie auf keinen Fall durchhalten, jetzt, nachdem sich die Möglichkeit auf Massagen und heiße Bäder eröffnet hatte.

Bevor Lara etwas sagen konnte, meldete sich jedoch Vanessa wieder.

„Einen Augenblick. Ich sehe, dass es dieses Wochenende, beginnend morgen, eine Absage gegeben hat. Sie ist für den großen Salon. Ich kann mir nicht vorstellen, dass den sonst noch jemand so kurzfristig bucht. Ich kann Ihnen ein Upgrade anbieten, wenn Sie interessiert sind. Natürlich kostenfrei. Funktioniert das für Sie?“

Lara würde es zum Funktionieren bringen. Sie schrieb sich das Datum unten auf die Karte, gefolgt von einer Reihe aus Ausrufezeichen. „Ich werde sowas von da sein.“

Ein leises Lachen kam durch die Leitung. „Wenn das Ihre Wochenendplanung verbessert, möchte ich Sie gerne dazu ermutigen. Ich schicke die Informationen per E-Mail, die Sie brauchen. Wir freuen uns darauf, Sie zum besten Wochenende Ihres Lebens zu sehen.“

Die aufkeimende glückliche Energie in ihrem Inneren

ließ sich unmöglich zurückhalten. Lara legte auf und sprang auf. Sie vollführte ein Siegestänzchen, hüpfte durch das Zimmer und ließ ihre Anspannung wegdriften. Sie hatte immer noch keine Ahnung, wie sie damit fertig werden sollte, sich nach ihrem Partner zu sehnen, aber ein Wochenende mit Massagen und Schwelgerei würde schon sehr helfen, um ihren Schmerz vorübergehend zu lindern.

Himmel, ihre Sehnsucht nach dem Mann war so schlimm, dass sie hätte schwören können, ihn in der Luft zu riechen. Sein üppiges maskulines Aroma stellte schreckliche Dinge mit ihrem Inneren und der Stelle zwischen ihren Beinen an.

Warum ist er hier?, wollte ihre Wölfin wissen. *Ich will ihn.*

Das ist nur unsere Einbildung, versicherte Lara ihr.

Ach, bitte wer von uns schnüffelt denn besser?

Guter Punkt. Wenn es nicht ihre überschießende Vorstellungskraft war, dann war Alex, wo er nicht sein sollte – sie konnte sich nicht vorstellen, dass einer der Orion-Wölfe ihm erlauben würde, eine Tour durchs Rudelhaus zu machen.

Sie stürzte sich zur Tür, als wäre sie von einer Bogensehne geschnellt. Langsam, ganz langsam schob sie den Kopf um die Ecke, weil sie hoffte, ihn beim Hausfriedensbruch zu erwischen.

Der Gang war leer, bis auf diesen süchtig machenden Geruch.

Zehn Schritte entfernt von der Stelle, wo ein anderer Gang auf diesen stieß, erstreckte sich ein schwacher Schatten, der völlig deplatziert schien, über den Boden. Lara rückte vorsichtig vor, bereit, anzuspringen, was gerade außerhalb ihrer Sichtweite war ...

Hinter ihr zerriss ein lautes Klappern die Luft, als

würde etwas Schweres und Metallisches auf den Boden fallen. Laras Aufmerksamkeit verschob sich sofort dorthin.

„Verdammt, *Hilfe*. Lara. Crystal. *Irgendwer.*" Tante Amethyst fluchte noch einmal, dann wurde sie still.

Lara lief mit voller Geschwindigkeit, um ihre Tante zu retten, das faszinierende Rätsel um Alex war vorübergehend zur Seite geschoben.

9

———

Einbruch war so ein starkes Wort, mit so einem negativen Beigeschmack, für etwas, das man als einfache Informationssammlung betrachten konnte. Außerdem, wie Alex seine schnelle geistige Rechtfertigung fortsetzte, war er gar nicht *eingebrochen*. Er war in das Rudelhaus gegangen ...

Okay, er war über die hintere Mauer gestiegen, hatte ein Dach überquert und war durch das Lüftungssystem geschlüpft, ehe er in einem abgelegenen Gang angekommen war, aber *dann* war er den entlangmarschiert, um zu seinem Ziel zu gelangen.

Klar? Kein Einbruch. Nur ein einfacher Spaziergang.

Praktisch gesehen war es nicht einmal illegal, sich herumzuschleichen, wenn man es als „ich bin hier, um für eine Freundin eure Sicherheitssysteme zu überprüfen" verkaufte. Natürlich wurde ein solches Arrangement normalerweise im Vorfeld zwischen zwei Parteien vereinbart, aber bei Lara anzufragen, ob sie an seiner Expertise interessiert war, schien eine rhetorische Frage zu sein.

Sie *hatte* immerhin schon seinen großen, imposanten Trojaner bewundert. Sie hieß es doch bestimmt gut, wenn er ihre ... Systeme überprüfte.

Sein Bär kicherte vor Vorfreude. *Darf ich einen Witz machen?*

Dass er groß und imposant ist?

Ach, bitte. Ich bin groß und imposant. Ich habe deine angebliche Expertise gemeint. Wenn du damit Sex meinst, musst du da nicht tatsächlich üben, um ein Meister zu bleiben?

Schnauze, erwiderte Alex aus einem Reflex heraus, aber er war vor allem erheitert. Es war schon eine lange Abstinenzperiode gewesen.

Ich sag ja nur ...

Alex grinste. Er glitt weiter durch den Gang, dann schlüpfte er durch die offene Tür, die in das Büro des Orion-Rudels führte. Es war zu einfach – vereinfacht noch durch den Hilferuf, den er gehört hatte.

Einen Sekundenbruchteil lang hatte er sich bereit gemacht, darauf zu reagieren, völlig ungeachtet der Tatsache, dass er illegal im Rudelhaus war, als aus der gleichen Richtung sofort das Geräusch von Gelächter erklang.

Offensichtlich war das Problem mühelos erledigt worden.

Er schob die Tür zu und stellte fest, dass es kein Schloss gab. So ziemlich das, was er erwartet hatte. Kein Wolf, der bei Verstand war, hätte sich erträumt, die Domäne des Alphas ungebeten zu betreten.

Aber Alex war kein Wolf. Er war ein knurriger Eisbär, der seinen Mangel an Informationen satthatte. Seine Suche brachte ihn nicht weiter, und bis auf einen hin und wieder erhaschten Blick auf die Frau kooperierte Lara nicht, indem sie dort herumhing, wo er sie mühelos verfolgen – ihr *nachspüren* konnte.

Irgendetwas war los, und er brauchte einen Beweis. Ein Einbruch – Moment, er nannte es einen Security-Auftrag, keinen Einbruch –, um das Rudelhaus auszuchecken, war ganz und gar eine Frage des Informationssammelns.

Er musste mehr erfahren, und nichts sonst funktionierte. Es war an der Zeit, das Schicksal in die eigenen Hände zu nehmen und so weiter.

Ein unerwarteter Ansturm von Hitze fiel über ihn her, und Alex legte die Finger um die Ränder des Schreibtisches, um nicht aus dem Gleichgewicht zu kommen. Laras süßer Geruch wurde stärker. Er schloss die Augen und stöhnte mehr oder weniger, während Lust in ihm brüllte.

Lust und der Schmerz des körperlichen Verlangens.

Ich will. Ich will jetzt.

Die ganzen Witze von vor ein paar Augenblicken waren aus dem Tonfall der Bestie verschwunden, es blieb nichts bis auf pures animalisches Verlangen. Und das war ...

Ungewöhnlich.

Alex drückte die Handflächen auf das feste Holz und ging rasch die Tatsachen durch. Sein Bär war normalerweise gesprächig, aber auf eine nervige du-weißt-doch-dass-ich-eine-Bestie-bin-Art. Das war nur anders, wenn ...

Oh, Scheiße.

Ich will die sexy Frau. Will den Wolf. Brauche den Wolf.

Alex rieb sich mit der Hand übers Gesicht. Sonst war sein Bär nur so, wenn ...

Er stieß seine innere Bestie an. *Willst du sagen, was ich glaube, dass du sagst?*

Ein tiefes, grollendes Verlangen war die einzige Antwort. Was typisch für diese Situation war.

Toll. Grund Nummer 1 für diese Art Verhalten: Das Paarungsfieber rückte näher.

Der beruhigende Atemzug, an dem Alex sich versuchte, ging nach hinten los, als die volle Dröhnung von Laras Geruch durch seine Nasenflügel drang und ihn bebend vor Verlangen zurückließ.

Nachdenken. Er musste *nachdenken*. Wenn die Dinge wie üblich weitergingen, würde der Drang zum Ficken in den nächsten vierundzwanzig Stunden langsam nachlassen, dann wieder zurückkehren, ein wenig wie eine Achterbahn. Danach würde sich der animalische Instinkt zur Paarung nicht mehr aufhalten lassen, und der Trieb würde eine gute Woche lang auf hohem Niveau weitergehen.

Nach sieben Jahren, in denen er es mit dem Fieber zu tun gehabt hatte, hatte Alex eine eingespielte Routine. Wenn er an diesen Punkt kam, packte er seine Tasche und begab sich in die Wildnis, um für die Dauer dort versteckt zu bleiben, indem er den Kontakt mit dem anderen Geschlecht vermied. Wegen des Versprechens, das er seinen Brüdern und seinem Opa gegeben hatte, stand diese Option nun nicht zur Verfügung.

Aber er hatte sich eine Strategie zurechtgelegt, seit sein Bruder James seinen Plan erwähnt hatte, mit dem Paarungsfieber umzugehen, indem er seine beste Freundin aufspürte, um ihre Beziehung so zu erweitern, dass auch heißes Ficken dazu gehörte.

Alex hatte nicht vor, den zweiten Teil des Plans seines Bruders umzusetzen, der damit geendet hatte, dass James tatsächlich mit der Partnerin aus seinem Fieber verbunden war, aber die Grundannahme war genial.

Jemanden finden, mit dem Alex' Bär auf Tuchfühlung

gehen wollte, der aber sonst nicht als Partnerin kompatibel war. Jemanden wie die gefährliche, aber sexy Lara.

Wollte er sie in seinem Bett? Teufel, ja. Und nicht nur dort ... Er wollte sie unter sich auf dem Boden, an der Wand, in der Dusche, und auf ihm als wäre er ein gottverdammtes Pony.

Wollte er sie auf immer und ewig? Teufel, nein.

Er vertraute ihr nicht, aber das hieß nicht, dass sie sie nicht eine Woche lang alle passenden Schaltkreise verbinden konnten.

Mehr Zeit, ehe das Fieber zuschlug, wäre schön gewesen, aber der Ansturm des Verlangens in seinem Bauch sagte, dass er damit einfach fertig werden musste. So sei es. Was er tun musste, war Lara aufzuspüren und sie dann zu überzeugen, dass wild und schmutzig in ihrer beider Interesse lag. Oder zumindest in dem ihrer Libido.

Er wusste, dass sie im Rudelhaus lebte, darum würde er sie davon überzeugen müssen, eine Woche wegzugehen. Vielleicht, indem er ein paar Verlockungen wie Schokolade und richtig gute Donuts mitbrachte, aber nach der hitzigen Leidenschaft, die sie im Lagerraum geteilt hatten, schätzte er, dass es zumindest eine Anziehung in ihrer Chemie gab, die seinen Vorschlag versüßen würde.

Als er sich zur Tür wandte, um wegzuschleichen und den nächsten Teil seines Planes umzusetzen, erhaschte Alex einen Blick auf ein Blatt, das auf dem Schreibtisch lag. Laras Geruch war überall darauf, ihre Handschrift in der unteren Ecke.

Reine Freude stieg auf, als er die Informationen musterte, besonders den Teil, auf dem ein Datum im Spa stand, das morgen anfing und drei Nächte umfasste.

Eine fiese, wunderbare Idee kam ihm. Er musste sie nicht überzeugen, in seine Wohnung zu kommen. Sie hatte bereits den perfekten Ausstiegsort für das Paarungsfieber organisiert. Geniale Frau.

Sexy, sexy Wolf, stöhnte sein Bär.

Dieses eine Mal hatte Alex keinerlei Absicht, seiner inneren Bestie zu sagen, sie solle das Maul halten. Aber es erinnerte ihn daran, dass es einen Punkt gab, den er betonen musste. Um sicher zu sein, dass sein Bär mit im Boot war.

Wir können Lara aufspüren, aber du weißt, dass das, was wir mit ihr tun, nur Spaß ist.

Aufregung klang deutlich im geistigen Tonfall seines Bären an. *Ernsthaft? Ich darf mit dem sexy Wolf spielen?*

So sollte es sein. Spielen und Spaß und ungehemmter heftiger Sex waren alles dasselbe, und zu wissen, dass sein Bär es guthieß, war verfickt noch mal fantastisch.

Wir dürfen spielen, wenn sie Ja sagt, warnte ihn Alex.

Denn so sehr ihn auch das Paarungsfieber kopflos machen würde, er war kein Arschloch, das sich eine Frau nahm, die kein Interesse hatte. Falls sie Nein sagte, wäre er weg und in seiner Bärengestalt auf den Weg in den Busch, um allein zu leiden. Dann Scheiß auf den Pakt, den er mit seinen Brüdern geschlossen hatte – wenn er Lara nicht haben konnte, würde er sich nicht irgendeine zufällige Bettgenossin suchen.

Der Gedanke, mit einer anderen Frau zusammen zu sein, ließ es ihm eiskalt über die Haut laufen.

Dass Lara nichts anderes sagte als Ja, wurde immer wichtiger. *Wir müssen vielleicht kreativ werden, wenn wir sie fragen.*

Darum werde ich mich kümmern. Ich bin viel charmanter als du, informierte seine Bestie ihn arrogant.

Alex lachte leise, während er sich zurück auf das Dach des Rudelhauses begab. Die frische Luft traf sein Gesicht, schärfte seine Sinne und hellte seine Laune auf, während er sich wegschlich.

Er hielt an seinem Büro inne, um ein paar wichtige Aufgaben zu erledigen, und schlüpfte eine Stunde später hinaus, mit dem glücklichen Gefühl, in den Urlaub zu gehen. Was völlig anders war als seine übliche Einstellung an diesem Punkt des Paarungsfieber-Abenteuers.

Er war unterwegs in seine Wohnung, um eine Tasche zu packen, als ein eingehender Anruf über seine Freisprechanlage kam.

Anruf von: Opa.

Seit dem Abend der Gala war es Alex gelungen, dem alten Mann außerhalb der Geschäftszeiten aus dem Weg zu gehen. Auf keinen Fall wollte er, dass sein Opa wusste, was derzeit vorging, da die meisten Nachrichten auf seinem Anrufbeantworter damit zu tun hatten, dass der Borealis-Patriarch ihn dafür tadelte, seine Energie an Lara zu verschwenden.

Trotzdem sollte er vielleicht, bevor er sich eine Woche lang vom Acker machte, ein wenig Schadenskontrolle betreiben, um den Alten nicht im Nacken sitzen zu haben. „Hey, Opa. Wie läuft's?"

„Mein Tag läuft gut, aber bei deinem ist offensichtlich was falsch", beschwerte sich Großvater Giles. „Weshalb lasse ich dir Sprachnachrichten da, wenn du nie drauf antwortest?"

Es gelang ihm nicht, der Verlockung zu widerstehen. „Ich weiß nicht. Warum lässt du mir denn Sprachnachrichten da, wenn ich nie drauf antworte?"

Sein Großvater knurrte. Alex stieß ein bellendes Lachen aus.

„Undankbarer Flegel." Opa schnalzte missbilligend mit der Zunge. „Du bist aber echt genial, darum vergebe ich dir ein paar kleine Fehltritte, wie etwa, dass du deine Manieren vergisst."

„Vielen Dank aber auch. Es ist gut, zu wissen, dass ich genial bin, obwohl ich mir nicht sicher bin, woher das jetzt kommt." Alex nahm sein Handy, da er das Auto auf dem Parkplatz stehen ließ und hinauf zu seiner Wohnung ging. „Ist es irgendwas Konkretes?"

„Diese klein gewachsene Frau von Midnight Inc. im Auge zu behalten, war schlau. Mir gefällt, wie du die Initiative ergreifst, obwohl es nett gewesen wäre, wenn du mich vorgewarnt hättest, dass deine Annäherung letzte Woche zum Job gehört hat. Ich habe mir schon Sorgen gemacht, dass du den Verstand verlierst."

Abermals fragte sich Alex, wie es um die geistige Gesundheit seines Großvaters bestellt war. „Ist es etwas Bestimmtes an Lara, das dich zweifeln lässt? Etwas Konkretes, dem ich nachspüren kann, meine ich?"

Denn zufällige Anmerkungen dazu, wie unpassend und leidenschaftslos sie war, ergaben keinen Sinn und ärgerten nur seinen Bären.

„Die Frau kann mir nicht in die Augen schauen. Traue nie jemandem, der deinen Blick nicht direkt erwidern und höflich Hallo sagen kann", warnte sein Großvater Alex, als wäre er ein Kind, das öffentliche Etikette beigebracht bekam.

„Wann hast du Lara zum letzten Mal getroffen?" Alex erinnerte sich nicht, dass sein Großvater ihr außer kurz auf der Gala einmal begegnet wäre.

„Vor fünf Minuten. Ich war im Supermarkt, um ein paar Sachen zu holen, kam um die Ecke, und sie hatte einen Wagen voller Junkfood und Eis."

Eine unerwartete Wahl, und eine, von der er durch die Zeit, die er mit der Assistentin Amber verbracht hatte, wusste, dass Lara damit Trost suchte. Oder eine Naschkatze war.

Die Dinge, die er nicht über sie wusste, machten ihm das Leben zur Hölle wie ein schmerzender Zahn.

„Seit wann bist du denn Kritiker beim kanadischen Restaurantführer geworden?", fragte Alex seinen Großvater. „Ich erinnere mich da irgendwie an mehr als nur einen Beutel Halloween-Süßkram, der im Lauf der Jahre bei dir im Büro verstaut war."

Sein Opa grollte gut gelaunt, dann warf er einen wahren Knaller unter den Vorschlägen auf den Tisch. „Ich glaube, sie war unterwegs zu einem Ausflug. Ich habe womöglich ein wenig mitgehört, aber es scheint, als würde die Frau morgen nach Norden aufbrechen. Mir gefällt gar nicht, wie das klingt, mein Junge. Hast du in der nächsten Zeit irgendwas Dringendes in der Firma, das du nicht verschieben kannst?"

Es war eine unerwartete Antwort auf eines seiner Probleme. „Sagst du, ich soll ihr folgen?"

„Ich würde mir nicht anmaßen, dir zu sagen, wie du deinen Job erledigen sollst, aber wenn man bedenkt, dass wir im Norden Besitz haben und Midnight Inc. nicht, macht mich ihre Reise irgendwie argwöhnisch. Vielleicht wäre es gut, sie im Auge zu behalten." Sein Großvater hatte die Stimme zu einem verschwörerischen Tonfall gesenkt. „Es ist immer besser, der Konkurrenz einen Schritt voraus zu bleiben. Aus dem Hinterhalt über sie herzufallen, um es mal so zu formulieren."

Ein wilder Schmerz schoss durch seine Eingeweide, als sein Bär ihm ein Bild von Alex bot, der über Lara herfiel. Beide nackt.

Alex biss die Zähne aufeinander, während er um Kontrolle rang.

Seine Stimme klang rau, als er eine Antwort herausbrachte. „Danke für den Hinweis. Ich werde in den nächsten paar Tagen nicht im Büro sein. Je nachdem, was passiert, gehe ich auch nicht ans Telefon. Keine Sorge. Ich habe das unter Kontrolle.“

Sein Großvater antwortete höflich, dann legten sie beide auf.

Alex musste zugeben, zumindest vor sich, dass das zwar die perfekte Lösung war, um aus der Stadt zu kommen und sich ganz verstohlen um das Paarungsfieber zu kümmern, aber er hatte gelogen, bis die Balken brachen.

Unter Kontrolle? Er war weit davon entfernt.

---

10

*L*ara lag auf dem Rücken in einer weichen Wolke, entspannte sich vor einem knisternden Feuer. Der Vorleger unter ihr bestand aus einem soften Material, das so sinnlich und verführerisch war, dass sie nicht aufhören konnte, darüber zu streichen. Sanfte Musik lief, die mit einem einfachen Sprachbefehl angeschaltet wurde.

Die Beleuchtung war gedimmt, und der Geruch nach reifen Erdbeeren lag in der Luft. Sie waren eines der leckeren Dinge aus dem üppigen Korb mit Früchten und Schokolade, der in ihrem Zimmer auf sie gewartet hatte.

Zimmer? Nein, das hier war größer als ihre Wohnung, und sie wusste bereits, dass es ihr schwerfallen würde, in drei Tagen abzureisen.

Die Fahrt war kurz gewesen, und das Einchecken bei *Shimmering Delights* war dem erstaunlich nahegekommen, wie sie sich das Leben in einem Königshaus vorstellte. Während sie durch den Haupteingang und direkt in ihre Suite eskortiert worden war, hatte sie beobachtet, wie Menschen in Uniform rasch auftauchten und wieder verschwanden. Alles, was sie brauchte, stand auf Abruf bereit, während alles um sie herum nach Luxus schrie.

Der einzige Fehler war dieses schmerzende Loch in ihr, das mit der Gesellschaft ihres Partners gefüllt werden wollte.

Wir machen einen Plan, versprach sie ihrer Wölfin. *Sobald wir zurückkehren, gehe ich zu Crystal und finde heraus, was vorgeht.*

Denn sobald sie das sicher wusste, konnte sie Schritte einleiten, um sich Alex vielleicht zu nähern. Konnte vielleicht versuchen, die Vorstellung von etwas mehr zwischen ihnen anzusprechen ...

Zwischen uns ist viel, merkte ihre Wölfin trocken an.

Laras sofortiges geistiges Bild, *nichts* zwischen sich zu haben, war die reine Qual. Sie hätte in diesem Augenblick ihren Körper an seinen geschmiegt. Teufel, sie hätte ihre Hände auf seinem Körper, würde die Kraft und Hitze in ihm spüren.

Sie stellte fest, dass sie die Decke streichelte, und fluchte leicht, als ihr die Erkenntnis kam, dass jede Bewegung sie daran erinnerte, mit den Fingern durch Alex' Haare zu streichen.

Ein hämmerndes Verlangen überkam sie.

Himmel. Hier ging es schon wieder los. Lara seufzte, während sie eine Hand unter den Bund ihrer Unterhose schob, die Finger zwischen ihre Beine gleiten ließ.

Die Bilder würden nicht verschwinden, also konnte sie sich auch gleich ein wenig vergnügliche Erleichterung gönnen, ehe der Alarm, den sie eingestellt hatte, ihre erste Wellness-Behandlung ankündigte.

Sie hatte sich dieses Wochenende für reinen Komfort entschieden. Ohne zu planen, während des Aufenthalts auch nur einmal an die Öffentlichkeit zu gehen, hatte sie sich Klamotten aus dem Lieblingsteil ihres Kleiderschranks mitgenommen. Ihr derzeitiges Outfit war ihr ältester Schlafanzug, ausgebleicht und babyzart und so abgetragen, dass man die Wärme des Kamins brauchte, um darin nicht zu frieren.

Oder so war es zumindest gewesen, bis sie sich Alex neben ihr vorgestellt hatte. Seine dunklen Augen richteten sich auf ihre, während er die Knöpfe seines Hemdes öffnete und es zu Boden fallen ließ.

Sie spürte seine Muskeln unter ihren Fingerspitzen. Spürte die Anspannung und Kraft, als er sie an sich zog. Spürte das Beben aus seinem Inneren, als sie ihn berührte, und sie genoss das süße Gefühl, als sie sich vorstellte, dass er sich um sie schlang. Er legte seine Hände auf ihre und folgte ihr, um herauszufinden, was ihr gefiel. Leichtes Streicheln, immer mehr Druck.

Sie bewegte die Beine langsam über die sanfte Liebkosung des Vorlegers, fügte weitere Schichten von Lust zu der Hitze hinzu, die sich in ihrem Inneren aufbauten. Feuchtigkeit benetzte ihre Finger bei dem Gedanken, wie er sich über ihren Körper hinabarbeitete. Hände schoben ihre Schenkel auseinander, um ihr intimstes Inneres zu entblößen.

Ihre Beine bebten, die Anspannung wuchs immer höher, und der Traum-Alex beugte sich vor, den Mund auf ihrem Geschlecht, während seine Zunge ...

Ein festes Klopfen rüttelte an der Tür.

Laras Finger kamen kurz aus dem Takt, dann machte sie weiter. Sie achtete nicht auf das Klopfen. Sie erwartete keinen Besuch, und es gab nichts, worum sie sich eher kümmern musste, als das, was sie im Augenblick tat.

Anstatt seines Mundes wollte sie seine Finger. Wie sie sich sanft hineindrückten, feucht über die ...

Klopf, klopf, klopf.

Lara stöhnte frustriert und rollte sich auf die Seite. Sie kam stolpernd hoch, richtete ihre Unterwäsche.

Öffne die Tür, befahl ihr Wolf begierig.

Wovon redest du da?, fragte Lara verärgert, während sie ein Auge an den Spion legte.

Er ist es, setzte sie ihr inneres Tier in Kenntnis, während Laras Sehsinn die unmögliche Tatsache bestätigte.

Alex Borealis stand im Gang, starrte die Tür mit feurigen Augen an.

Oh. Mein. Gott.

Wenn sie ihn ignorierte, würde er vielleicht weggehen.

Neiiiiiiiin. Ein nur zu leicht verständliches Empfinden ihrer Wölfin.

Im Gang richtete Alex sich auf, öffnete die Arme, die über seiner Brust gelegen hatten. „Öffne die Tür, Süße. Ich weiß, dass du da drin bist."

Die Worte kamen ruhig, aber energisch. Fordernd, als könne er ihr Befehle geben, und plötzlich machte sich ihr Temperament bemerkbar.

Lara riss die Tür auf und funkelte ihn an. „Was zum Geier machst du denn hier?"

Er holte tief Luft, und seine Nasenflügel bebten. Ein Schauer lief bebend durch ihn hindurch. Er schloss die Augen, und jeder Muskel spannte sich an, als würde er einen inneren Kampf austragen.

Dann richtete er sich auf, sein Blick blieb fest an ihren Augen hängen. „Himmel, Frau. Du bringst mich um."

Er wusste es. Lara leckte sich über ihre plötzlich trockenen Lippen, denn ihr war klar, dass er genau wusste, was sie bis vor einem Augenblick getrieben hatte. „Was willst du, Borealis?", wollte sie wissen.

Sein Blick senkte sich kurz zu Boden, ehe er ihn hob,

dieses Mal ohne die fordernde Haltung und mit der hundertprozentigen Wahrheit, die er ihr wie eine Opfergabe darbot. „Dich. Ich will verfickt noch mal *dich*."

Es war das Letzte, womit sie gerechnet hatte. Plötzlich fiel ihr das Denken schwer, wenn man die Sprünge bedachte, die ihre Wölfin in ihrem Verstand vollführte. Aber sie war sich ziemlich sicher, dass das, was er sagte, und das, was ihre Wölfin hören wollte, nicht dasselbe waren.

Der Klang von Stimmen im Gang kündigte an, dass sie in wenigen Sekunden Zuschauer haben würden, und Lara tat das einzig Mögliche. Sie packte seinen Hemdsärmel, zog ihn in das Zimmer und schloss die Tür fest hinter ihm.

„Das ist keine Zustimmung zu irgendwas", warnte sie ihn. „Das ist nur, weil ich herausfinden will, was zum Teufel mit dir nicht stimmt, und zwar ohne Zeugen."

Einen Augenblick lang wurde Alex überraschend folgsam, ging hinter ihr her zum vermutlich sichersten Ort der Suite. Nur, als sie die Küche erreichte und sich drehte, um festzustellen, dass sein Blick fest auf ihren Hintern gerichtet war, war es in Wahrheit ja so, dass im Augenblick keiner von ihnen die volle Kontrolle über seinen Verstand zu haben schien.

Sie verschränkte die Arme vor der Brust. „Wenn man die größeren Fragen mal ignoriert, zum Beispiel, woher du wusstest, dass ich hier bin, und was für ein unheimlicher Typ einer Frau überhaupt zu ihrem Hotel folgt, wenn er nicht eingeladen ist, möchte ich wissen, was du mit diesem unerhörten Kommentar meinst."

Alex fing ihre Hand ein, zog sie zu sich. Er fluchte leise, seine Augen wurden einen Augenblick lang unscharf, während er sie an seine Lippen hob.

Sie hätte früher etwas unternehmen sollen, denn als er den Mund öffnete und ihre Finger in die feuchte Hitze saugte, konnte sie sich nicht mehr bewegen. Er schloss die Augen und grollte, erregt und tief, und das Pulsieren des Verlangens in ihr wuchs exponentiell an.

Seine Stimme bebte, als er antwortete. „Bitte sag mir, dass ich mehr davon haben kann.“

Du lieber Gott, er hatte die Finger abgeleckt, die sie zum Masturbieren benutzt hatte.

Er legte seine Finger entschiedener um ihr Handgelenk, setzte sie fest.

„Alex. Was ist los mit …?“

Ach herrje.

Er starrte sie an, während er mit der Zunge zwischen ihre Fingerknöchel fuhr. In seinen Augen stand Feuer, seine Brust hob und senkte sich unregelmäßig, als würde es ihm schwerfallen, zu atmen.

Seine Augen waren nicht menschlich.

Sie sprach definitiv mit seinem Bären. Und das bedeutete, dass etwas los war, es bedeutete …

Alles, was sie im Lauf der Jahre gehört hatte, außerdem die Recherche, die sie unternommen hatte, seit sie herausgefunden hatte, dass ihr Partner ein Eisbär war, deuteten auf eines hin. Er hatte das Paarungsfieber oder würde es bald bekommen.

Er gehört uns, sagte ihre Wölfin. *Biiiiitte.*

Die geflüsterten Informationen, die ihre Freundin Kaylee mit ihr geteilt hatte, kamen wieder hoch – die einzige Art und Weise, auf die sie beide als Partner enden würden, war, wenn sie beide zustimmten. Und während Alex aus irgendeinem seltsamen Grund hier war und ganz offensichtlich Sex wollte, hieß das noch nicht, dass er sie für immer wollte.

Was genau das war, was sie wirklich wollte. Was sie wirklich *brauchte.* Stattdessen wurde ihr etwas

Vorübergehendes angeboten, und es würde ihr das Herz brechen und höllisch wehtun, aber ihn abweisen? Unmöglich.

Lara legte die freie Hand an Alex' Wange, schaute ihm direkt in die Augen. „Ist es das Fieber?"

Glückseligkeit breitete sich auf seinen Zügen aus. Er rückte näher, um seinen Körper an ihren zu drücken. „Ich brauche dich. Aber du entscheidest – Ja oder Nein."

Er erschauerte, dann schüttelte er wild den Kopf in einer Bewegung, in der sie einen mit starken Worten geführten Streit mit seiner wilden Seite erkannte. Offensichtlich war sein Bär nicht einverstanden damit, ihr die Option zu lassen, eine Entscheidung zu treffen.

Es gab so viele gute Gründe, das nicht zu tun, aber die Gelegenheit zu bekommen, den großen, bösen Bären für eine kurze Zeit zu genießen, stellte alles andere in den Schatten.

„Bist du sicher, dass du mich willst?", fragte Lara sanft.

Ein unmenschliches Grollen kam von seinen Lippen, und sie stellte fest, dass sie in der Luft war. Einen Augenblick später saß Lara auf der Kücheninsel, er schob ihre Beine auseinander und trat an sie heran. Die dicke Beule in seiner Hose passte perfekt zu der ziehenden Weichheit zwischen ihren Beinen.

Okay. Falsche Frage. „Du willst mich körperlich, das verstehe ich, aber bist du sicher, dass du das später nicht bedauern wirst?"

Er legte die Hände beiderseits von ihr auf die Kücheninsel. Sein Kopf senkte sich, und jeder Muskel in seinem Oberkörper trat hervor, während er um Kontrolle rang. Als er den Kopf wieder hob, war er ganz menschlich, den Blick voller Fragen und einem höheren Intellekt.

Da seine Bestie unterdrückt war, war der Mensch bereit, ihr eine Antwort zu geben.

„Du bist klug, und du bist sexy. Und du bist verdammt nochmal eine Ninja-Kriegerin, und wenn ich schon das Paarungsfieber mit jemandem erleben muss, dann sollte es jemand sein, der mir den Hintern versohlen kann. Ich werde dir nicht körperlich wehtun, das schwöre ich, aber ich vertraue dir, dass du mir den Rücken deckst, wenn der Bär außer Kontrolle gerät."

Von allen schönen Versprechen, die er ihr hätte geben können, war das das einzige, dem sie nicht widerstehen konnte. Ihr sein Vertrauen anzubieten? Es war die eine Bemerkung, die etwas in ihrem Herzen aufkommen ließ, das wirklich nicht hätte dort sein sollen ...

Hoffnung.

Lara legte die Hände an beide Seiten seines Gesichts und beugte sich vor. „Dann entscheide ich ... *Ja.*"

$\mathcal{D}$ie Kontrolle hatte immer noch er – sein menschliches Ich –, doch der Bär wurde stärker. Alex war nicht sicher, wie lange er noch die Zügel in der Hand halten würde, aber Teufel auch, er wollte nicht, dass sein erstes Mal mit Lara ein gedankenloser Rausch war.

Abgesehen von den Komplikationen zwischen ihnen gab es keinen Grund, dass das schwierig sein musste. Verdammt, wenn man die explosive Art betrachtete, wie sie vorher miteinander umgegangen waren, erwartete er, dass sie in den nächsten Tagen eine Menge Kalorien verbrennen und eine Menge Spaß haben würden.

Aber im Augenblick sah seine Partnerin für die nächste Woche überraschend verängstigt aus.

Nein. In ihren Augen stand keine Angst, sondern Sorge, und der Anblick, dass sie wankte, reichte aus, um den Bären ein wenig zurechtzustutzen.

Alex hob eine Hand und strich mit den Handknöcheln über ihre Wange. „Danke für dein Geschenk.“

Ihre Augen wurden größer.

Er konnte es nicht verhindern. Ein leises Lachen

entwich ihm, noch während er die Hand weiterbewegte, bis sie um ihren Nacken lag. „Ja, ich kann durchaus hübsche Manieren auflegen. Bitte und danke. Und ich habe ein paar Regeln, wie etwa, dass die Dame immer zuerst dran ist."

Er beugte sich dichter heran, der Geruch ihres Körpers legte sich um ihn und ließ seine Haut prickeln, als würden eine Million Glühwürmchen darüber streichen.

Hmmmm. Alex rückte vor, bis seine Lippen ihre streiften, dann senkte er die Stimme, um eine überaus wichtige Frage zu flüstern. „Wo wir schon dabei sind, bist du gekommen?"

Ihr stockte der Atem.

Und das war wohl ein Nein. Besonders, wenn man das Blut betrachtete, dass ihr plötzlich in die Wangen schoss, und war das nicht witzig? Sie war im Schlafzimmer schüchtern.

Oder in der Küche, wenn man es genau nahm. Damit konnte Alex umgehen.

„Ich glaube, wir unternehmen besser mal was dagegen, dass ich dich da unterbrochen habe."

„Ich habe keine Einwände, aber kannst du mich mal rasch aufklären, was ich zu erwarten habe?" Sie strich mit den Fingern durch seine Haare, streichelte ihn fast bis zur Unterwürfigkeit. „Ich habe das noch nie getan."

Er wurde reglos. *Scheiße.*

Ihre Wangen wurden rasch noch ein paar Stufen röter, und sie erklärte eilig: „Ich hatte schon Sex. Ich meine, ich war noch niemals mit ... du hast das Paarungsfieber, und ich weiß nicht, was dazu gehört."

Eine berechtigte Frage. „Es bedeutet, dass ich dich ganz schön oft nehmen werde. Hart, sanft und alles dazwischen. Und nicht nur Ficken. Ich will deinen Körper schmecken und necken, bis du dich windest. Ich freue mich darauf, dich nackt auszuziehen und dich mit Händen und Mund und Schwanz zu erkunden, bis du meinen Namen brüllst. Und deine Titten – o ja, damit habe ich auch große Pläne. Bären spielen gerne.“

Sie wand sich leicht, während er redete, legte aber den Kopf schief, als würde sie die Informationen ablegen. „Also gibt es nichts, was ich vermeiden sollte?“

Ein Piepton erklang, das Geräusch zerrte an seinen Nerven wie Nägel auf einer Schiefertafel.

Lara fluchte und glitt aus seinen Armen, ging durch das Zimmer, um sich ihr Telefon zu schnappen und auf einen Knopf zu drücken. Jeder Schritt, den sie sich von ihm entfernte, fühlte sich an, als würde eine Messerspitze seine Haut aufschlitzen.

Sie hielt das Telefon hoch, wedelte damit in der Luft. „Ich habe es abgeschaltet, aber ich habe gerade jetzt eine Massage gebucht.“

Ein unerklärlicher Ansturm aus Wut strömte auf ihn ein. Alex stapfte an ihre Seite, fing ihre freie Hand ein. „Niemand berührt dich außer mir.“

Sie hob langsam eine Augenbraue. „Das wäre dann wohl Regel Nummer 1. Verstanden.“

So rasch er aufgekommen war, verflog sein Zorn. Er hob ihre verbundenen Hände zwischen sich. „Ich glaube, wir müssen dicht beieinanderbleiben. Dass ich mit dir Kontakt habe, beruhigt mich.“

„Und das ist dann Regel Nummer 2, aber was meinst du mit: *Du glaubst?* Du hast das doch schon mal getan.“

Er schnappte sich ihr Telefon und legte es auf einen Beistelltisch, ging langsam um sie herum. Hielt stetig mit ihr Kontakt, während er eine Hand ihren Arm hinaufstreichen und über ihre Schulter gleiten ließ. Führte die Handfläche zwischen ihre Schulterblätter und dann tiefer. „Ich hatte schon das Paarungsfieber, ja, aber ich habe vermieden, dabei Zugang zu potenziellen Partnerinnen zu haben. Dieses Mal ist anders.“

Sie brauchte nichts von dem Pakt mit seinen Brüdern oder dem Ultimatum seines Großvaters zu erfahren.

Außerdem war es an der Zeit, mit dem Reden aufzuhören. Er hielt in seiner langsamen Umrundung an, als er hinter ihr stand. Ihre Körper berührten einander beinahe, während er eine Hand auf dem weichsten Baumwollstoff, den er jemals gespürt hatte, auf ihren Bauch legte. Dann beugte er sich dichter heran und streifte mit seiner Wange ihre. „Es sieht so aus, als würde ich dir eine Massage schulden.“

Sie erschauerte, lehnte sich aber bereitwillig an ihn. Drückte ihm den Kopf an die Schulter, während er federleicht mit den Lippen ihren Hals hinaufstreifte. „Ich habe zusätzliche Fläschchen mit Massageöl auf der Ablage im Bad gesehen.“

Alex hatte nur einen halben Schritt getan, ehe ein Gefühl wie ein sich öffnender Reißverschluss bebend über seine Haut ging. So nicht.

Er fasste sie unterhalb der Knie und hob sie in seine Arme, drückte sie dicht an sich, während er durch die riesige Suite marschierte. „Hübsche Absteige, Süße.“

„Ich habe das Wochenende gewonnen und ein kostenloses Upgrade bekommen. Falls du dich fragst, wie ich mir dieses Zimmer leisten kann.“ Sie streichelte ihn wieder, ihre Finger fuhren durch seine kurzen Haare, als wäre sie hypnotisiert.

Er hielt neben einer ordentlichen Reihe Fläschchen inne, die mit schimmernden Flüssigkeiten gefüllt waren, und wartete, bis sie sie aufgesammelt hatte. Er hatte nicht einmal darüber nachgedacht, wie unfassbar teuer das Spa war, da er die Einladung gesehen hatte – was eine weitere Sache war, die er ihr im Augenblick nicht erzählte.

„Schnapp dir ein Handtuch", befahl er.

In dem Augenblick, in dem sie dem Befehl nachkam, marschierte er weiter durch den großen Bogeneingang in das nächste Zimmer.

Das riesige Schlafzimmer war ein Kunstwerk mit einem weiteren Kamin und einer breiten Fensterfront, die über den Fluss hinausschaute. Die Mitte des Raums nahm ein großes Doppelbett mit weinroten Bettbezügen und genug Kissen ein, um eine epische Schlacht zu veranstalten.

Er brauchte einen Augenblick, um alles so hinzurichten, wie er es wollte, und sein Bär hielt ihn für verrückt, dass er nicht zur Sache kam, aber als er schließlich einen Finger vor Lara krümmte und ihr bedeutete, vorzutreten, sorgte der Ausdruck hinter den schweren Lidern ihrer Augen dafür, dass es sich gelohnt hatte.

Vorfreude hatte definitiv von Lara Besitz ergriffen, und jeder Teil ihres Körpers bebte, während er sie langsam von oben bis unten musterte.

Alex saß auf der Bettkante, die Knie weit geöffnet, während Lara vor ihm stand. „Wir werden diesen Schlafanzug loswerden müssen, Süße. Außerdem müssen wir entscheiden, welches Massageöl wir am liebsten mögen."

Er reichte ihr zwei von den „für den Verzehr geeignet"-Optionen, eines für jede Hand, dann drehte er die Deckel ab und legte sie zur Seite.

Lara beobachtete ihn erheitert. „Wenn du eine Sauerei machst, überlasse ich dir die Reinigungsrechnung", warnte sie ihn.

„Dann mach keine Sauerei", erwiderte er. „Deine Aufgabe ist es, diese Flaschen ruhig zu halten."

„Kinderspiel ..." Ihre entschlossene Aussage erstarb zu einem kehligen Stöhnen, als er das Oberteil ihres Schlafanzugs packte und die Hände darunter schob.

Seine Handflächen drückten sich seitlich an ihren Körper, während er langsam ihren Oberkörper emporglitt. Noch langsamer, als seine Finger ihren Rücken streiften. Je höher seine Arme kamen, desto mehr Stoff schob sich über ihren Brüsten zusammen. Lara hob die Arme seitlich, ihre Unterlippe bebte. Seine Handballen streiften die äußeren Rundungen ihrer Brüste, und sie flüsterte einen leisen Fluch.

„Eine Massage soll doch *entspannend* sein, Borealis", beschwerte sie sich.

„Das wird sie schon noch."

Er starrte ihre nackte Haut an, die er langsam offenlegte – ihren Bauch, der baumelnde Saum des Oberteils rutschte immer höher. Ihre Nippel waren feste Spitzen, der untere Rand des Stoffes blieb kurz daran hängen, als der tiefe Rosaton langsam zum Vorschein kam.

Er wurde schneller, hob den Stoff und ihre Arme mit ihm. Ihre Fäuste waren um die Flaschen geschlossen, und irgendwie hielt sie trotz über dem Kopf gestreckter Arme die Flüssigkeit davon ab, überzuschwappen, während er den Stoff von ihren Handgelenken riss und zur Seite warf.

Sie atmete schwer, ihre Brust hob und senkte sich, ihre wunderschönen Brüste lagen offen vor ihm, während sie mit über dem Kopf erhobenen Händen dastand.

Seine Handflächen strichen über die weiche Haut ihrer Unterarme.

„Ich habe keinen Tropfen verschüttet." Stolz lag in ihrer Stimme.

„Gut gemacht. Aber wir brauchen was Verschüttetes." Alex verfestigte den Griff um ihre Handgelenke. Er änderte den Winkel, neigte beide Fläschchen, sodass der Inhalt nach unten lief.

Sie keuchte, als sich das Öl über ihre Oberarme und ihren Oberkörper ergoss. Rinnsale der schweren Flüssigkeit sammelten sich an ihrem Schlüsselbein.

Eine Spur glitt über ihre Brust, blieb ganz am Ende ihres Nippels hängen. Feuchtigkeit sammelte sich dort, bis sich der perfekte Tropfen bildete.

Sein eigenes modernes Kunstwerk, gestaltet zu perfekter, köstlicher Fingerfarben-Bereitschaft.

Alex nahm ihr die Flaschen ab und warf sie zur Seite, hielt ihren Blick fest, während er ihr seinen Hunger zeigte. „Jetzt muss ich entscheiden, welche Geschmacksrichtung ich lieber mag.“

Ein Finger. Nur einer, der an der Seite ihres Halses entlang fuhr, über die Kante ihres Schlüsselbeins. Der dem Rinnsal aus Feuchtigkeit nach unten folgte ... unten ... bis er die Fingerspitze durch das Öl wirbeln konnte und die Handfläche über ihre volle Brust legte.

Ein tiefes Grollen erfüllte das Zimmer, und Alex lächelte.

Das Geräusch kam von Lara, die die Augen geschlossen hatte, den Kopf in den Nacken geworfen, während er sie liebkoste. Er drückte ihr die Arme an die Seiten, strich mit den Handflächen über ihre Glieder und rieb das Öl ein, während er weiterarbeitete. Ihre Oberschenkel stützten sie, sodass sie weit genug wegstand, dass er sie genau auf die Art und Weise necken und berühren konnte, die er es sich vorstellte.

Und was er sich vorstellte, war, das Öl in jeden Quadratzentimeter ihrer Haut einzuarbeiten. Ihre Schultern glänzten, der Puls an ihrem Halsansatz hämmerte schimmernd jedes Mal, wenn Blut durch ihre

Adern gepumpt wurde. Ihre Brüste waren glatt und seidig unter seinen Handflächen, die Nippel blieben an seiner Haut hängen, weil sie vor Verlangen gespitzt waren.

Rasch bedeckte er ihren Bauch mit Öl, dann schob er die Hände auf ihren Rücken, arbeitete sich nach oben, während er sie noch näher an sich heranzog. Denn das Einzige, was das noch besser machen würde?

Er starrte auf ihre Titten, während ungezügelte Befriedigung durch ihn hindurchwirbelte. „Geschmacksprobe, Süße. Mach dich bereit."

Ein fester Druck zwischen ihre Schulterblätter schob sie nach vorne, und er legte die Lippen um ihren Nippel.

12

———

Lust umspielte ihre Nervenenden so heftig, dass Lara kaum mehr Luft bekam.

Was ein neckischer, beinahe alberner Augenblick gewesen war, mit ihr halb nackt vor ihm, hatte sich so schnell in Erotik verwandelt, sodass sie nicht recht wusste, ob es echt war.

Aber die Art, wie sich sein Mund über ihre sensible Haut bewegte, war echt. Die hochschießende Lust, als er die Zähne über ihren Nippel gleiten ließ, war echt.

Sie war da, bei ihm, und sie würden sich lieben, und sie wusste nicht, ob sie lachen oder weinen sollte.

Alex zerrte an ihrer Schlafanzughose, zog sie und ihre Unterhose zu Boden, und als nächstes wurde ihr bewusst, dass er sie hochgehoben hatte. Sein Rücken kam auf der Matratze auf, und ihre Knie landeten zu beiden Seiten seiner Schultern. Seine Hand stützte ihren Bauch, damit sie das Gleichgewicht fand, während seine Augen, in denen Verlangen leuchtete, zu ihr emporsahen.

„Ich will schmecken. Ich will berühren."

Bevor sie widersprechen oder nach einer genaueren

Erklärung fragen konnte – eigentlich, bevor sie auch nur denken konnte – war er auf der Matratze weit genug nach unten gerutscht, dass sein Mund auf einer Linie mit ihrer Hüfte war.

An diesem Punkt war es ihr unmöglich, ihr Hirn zu benutzen. Alles, was blieb, war Gefühl. Seine Zunge, die durch ihre Hautfalten glitt, ihre Klitoris umkreiste, so tief eindrang, wie es ihm möglich war. Er verzehrte sie, als wäre er ein Verhungernder, hielt sie fest an seinem begierigen Mund. Keine Chance zur Flucht – nicht, dass sie dumm genug gewesen wäre, sich zu bewegen.

Nicht, wenn sich die Anspannung immer heftiger in ihr auftürmte, ihre Vorfreude aus der Aufwärmzone holte und richtig anheizte. Aus dem Köcheln wurde ein wildes, schäumendes Brodeln, bei dem ihr Orgasmus den Deckel vom Topf sprengte und der Inhalt über den ganzen Herd explodieren ließ.

„Alex, oh, ja."

Er schaute sie immer noch an, trieb ihre Lust immer noch weiter, und sie rieb sich an seinem Gesicht, ohne nachzudenken. Verlangte jedes kleine bisschen Befriedigung, das möglich war.

In ihrem Innersten bebte ein Grollen der Erheiterung in dem kurzen Augenblick, ehe Alex nochmal eins draufsetzte. Und obwohl sie bestimmt gerade gekommen war, spielte das für ihn keine Rolle, während er noch heftiger über ihre Sinne herfiel und sie taumelnd in einen zweiten Orgasmus schickte.

Als sie anfing zu zittern und ihr Körper sich um die Leere verfestigte, drehte sich das Zimmer. Sie landete auf dem Rücken, Alex ragte über ihr auf, während er sich rasch seine Kleider vom Leib riss.

Verzweiflung stand ihm so eindeutig ins Gesicht geschrieben, dass sie keinen Sinn mehr dafür hatte, ihn zu necken.

Es war ein Augenblick, um den Shifter-Genen dankbar zu sein. Keine Geschlechtskrankheiten, um die man sich sorgen musste. Und die andere Sache?

Sie legte ihm die Hände auf die Schulter, um seine Aufmerksamkeit zu bekommen. „Ich verhüte."

„Danke", hauchte er eilig aus. „Es tut mir leid. Ich kann einfach nicht ..."

Er schüttelte sich wieder, als würde er versuchen, die Kontrolle zu erlangen, doch Lara schätzte, dass er seine innere Bestie nur begrenzt an der Leine hatte. Die Tatsache, dass er ihr bereits zwei Höhepunkte verschafft hatte, war ein kleines Wunder.

Der schmerzverzerrten Grimasse auf seinem Gesicht nach zu urteilen, hatte er gerade keinen Spaß dabei, mit seinem Bären zu streiten.

Es war an der Zeit, dass sie die Kontrolle übernahm.

Er rechnete nicht damit, was der einzige Grund war, dass sie ausreichend Hebelwirkung erzielen konnte, obwohl sie unter seinem höheren Gewicht festsaß. Das leichte Einsinken der Matratze half auch, und im nächsten Augenblick war er unter ihr, und sie saß rittlings auf ihm, erhob sich auf die Knie, um hinabzugreifen und seinen Schwanz zu nehmen.

Sie streichelte ihn. Einmal, dann noch einmal. Seine Augen verdrehten sich, und sein Mund wurde locker.

„Ist schon gut, Schatz", neckte sie. „Du kannst mir später mehr von deiner großen, bösen Bärengewalt zeigen, aber im Augenblick will ich das."

Sie schob sich die breite Spitze seines Schwanzes zwischen die Beine und glitt dann auf ihn. Zentimeter um köstlichen Zentimeter spießte er sie auf und füllte sie an bis zum Rand.

Völlige Stille legte sich über das Zimmer.

Lara hatte die Augen geschlossen, und irgendwann im letzten Moment hatte sie vergessen, weiterzuatmen. Das war bestimmt der Grund, weshalb sich ihr Kopf so leicht anfühlte und all ihre Nervenenden prickelten. Sauerstoffmangel – es war die einzige logische Erklärung.

Sie öffnete träge die Augen und lehnte sich vor, stützte die Handflächen auf Alex' Brust. Sein Gesicht war völlig entspannt, die Mundwinkel wölbten sich im selbstzufriedensten Grinsen nach oben, das sie je gesehen hatte.

„Du siehst aus wie eine Katze, die den Kanarienvogel gefressen hat", neckte sie ihn.

Tiefe, dunkle Teiche der Lust begegneten ihrem Blick, während Alex die Hände über ihre Oberschenkel hinaufstreichen ließ, um ihre Hüfte zu packen. „Ich bin der Bär, der den Wolf gefressen hat. Und das mache ich später wieder, aber im Augenblick ist das ziemlich fantastisch."

Lara zeichnete Kreise in die dunklen Haare auf seiner Brust und bewegte ganz leicht die Hüften. Gerade genug, um das Gefühl des Ausgefülltseins in ihr zu genießen. „Du wirkst sehr viel ruhiger. Vielleicht sollten wir die übrige Woche lang so bleiben."

Seine Miene verdüsterte sich. „Den Teufel werden wir tun."

Sie hatte es nicht als Herausforderung gemeint, aber er schien es so verstanden zu haben. Was nicht das Schlechteste war.

Er krümmte sich zu ihr hoch, seine Bauchmuskeln so fest angespannt, dass ihre Oberkörper einander berührten. Das Öl auf ihrer Haut war glitschig, während er langsam vor und zurückglitt, seine Hände auf ihren Hüften bewegten sich in einem winzigen Kreis.

Eine persönliche Massage der intimsten Art.

Er knabberte an ihrer Unterlippe. „Tut mir leid, dass ich nicht meine Höchstleistung bringe. Vielleicht machen wir diese Runde im Eilmodus, und ich mache das die nächsten Dutzend Male wieder gut."

Dutzend Male ...

Sexy Bär. Dummer Mann, dass er dachte, zwei Orgasmen wären nicht genug, um sie glücklich zu machen. Vor allem, wenn man die Einzelheiten bedachte, die sie ihm noch nicht erzählen wollte.

Zum Beispiel, dass es etwas in ihrer Seele sehr glücklich machte, in seinen Armen zu liegen und sich so von ihm anschauen zu lassen. Etwas, das wollte, dass sie die Zähne in ihn schlug und nie wieder losließ, selbst wenn sie wusste, dass dafür noch nicht die Zeit gekommen war.

Aber der Kontakt Haut an Haut beruhigte einen Schmerz, den sie in den letzten sechs Monaten ertragen hatte, und als er sich entlang ihres Kinns zu der süßen Stelle unter ihrem Ohr vorküsste, ließ Lara zu, dass sie jede Empfindung maximal auskostete.

Es war eine Lüge, und es war nicht echt, aber es war süß genug, um vorerst den Schmerz zu lindern.

Aber dann war sein Mund auf ihrer Haut, seine Zähne glitten über ihren Hals, und plötzlich kam der Wolf an die Oberfläche und bäumte sich mit einem heftigen, erwartungsvollen Luftschnappen auf.

Instinktiv griffen Laras Finger fester in Alex' Haare und rissen ihn zurück. Lieber Gott, sie wollte das nicht, aber sie musste das klarstellen.

Sie schaute ihm direkt in die Augen. „Ich mag Zähne, das gebe ich zu, aber beiß mir nicht in den Hals."

Sein Bär starrte zurück. Nachdenklich analysierte er ihre Worte.

Einen Augenblick lang wurden seine Augen groß. „Wolfsgeheimnisse."

Ziemlich haarscharf erraten. Sie rückte näher an ihn, damit er ihre Miene nicht lesen konnte, stattdessen küsste sie ihn auf den Mundwinkel. „Kein Beißen", wiederholte sie. „Jetzt fick mich."

Und als ob sie die Tore eines Damms geöffnet hätte, bewegte sich Alex. Seine Lippen legten sich auf ihre, und er küsste sie wie wild. Zungen rangen, während er die Kontrolle über ihre Lippen übernahm. Sie langsam anhob, ehe er sie nach unten riss. Schneller, härter.

Seine Finger drückten fest genug zu, um blaue Flecken zu hinterlassen, aber das machte ihr nichts. Teufel, sie wollte es so. Wollte alles. Die Hitze, die zwischen ihnen anstieg, den Druck, der sich in ihr aufbaute. Das hämmernde Verlangen auf ihrem Geschlecht, während sie ihre Schenkel nutzte, um sich hoch genug zu heben, damit er nach oben stoßen konnte, ohne ihr Körpergewicht einzusetzen. Ein pulsierender Rhythmus, ein tobender Ansturm auf ihre Sinne.

Er hatte die Hände frei, um zu erkunden und zu necken. Hob ihre Brüste so hoch, dass er einen Nippel und dann den anderen in den Mund nehmen konnte. Er saugte und leckte auf eine Art, die ihr zeigte, dass er mehr als zufrieden war, sie als seine Spielgefährtin zu haben.

Als er eine Hand zwischen ihre Schenkel gleiten ließ, den Daumen auf ihre Klitoris presste, brach eine weitere Woge. Ihr Geschlecht zog sich heftig über seinem Schwanz zusammen, und ein Schrei brach von seinen Lippen.

Er schlang die Arme um sie und zog sie dicht heran,

vergrub das Gesicht an ihrem Hals, damit er fest saugen konnte. Markierte sie auf die urtümliche Art.

Hitze in ihrem Innersten. Hitze, die sich durch seinen Oberkörper um sie legte, und die pulsierende Hitze an ihrer Kehle ...

Fast perfekt.

Alex sank langsam auf die Matratze zurück, seine Beine hingen noch vom Bett, und Lara lag über ihm. Er strich ihr mit der Hand durch die Haare, während ihre Herzen hämmerten und ihre Brust sich hob und senkte, als sie um Luft rangen.

Lara lag da und genoss jeden Augenblick. Obwohl das nicht echt war, war es köstlich, und sie würde jedes bisschen davon mitnehmen, das sie bekommen konnte.

Sie drückte ihm die Lippen auf die Brust und gab ihm einen Kuss, ehe sie sich weit genug zurückzog, um ihm ins Gesicht zu schauen. Er starrte an die Decke, seine Hand strich immer noch träge durch ihre Haare.

„Na?" Lara hob eine Augenbraue. „Wie haben Sie gespeist?"

Alex lächelte. „Für einen Appetizer nicht schlecht, aber bis wir in einer oder zwei Stunden beim Hauptgang ankommen, bin ich wahrscheinlich in meinem Element."

Zu komisch. Sie wollte gerade eine Bemerkung zu hochtrabenden Träumen machen, als ihr klar wurde, dass sein Schwanz noch in ihr war, und noch vielmehr, dass er erneut anschwoll.

Sein Lächeln wurde breiter. Er wackelte mit der Hüfte, und als ihr ein leises Keuchen entfuhr, wurde sein Lachen laut.

Alex nahm ihr Gesicht und küsste sie, diesmal sanft. „Vergiss nicht. Ich habe gefragt, und du hast Ja gesagt."

Drei Stunden später flehte Lara um Gnade. Er hatte sie

ein halbes Dutzend Mal genommen, und dazwischen hatte er ihr eine Massage, eine Fußmassage und mehr Orgasmen verschafft, als sie es ohne dauerhaften Schaden für möglich gehalten hatte.

Sie lag auf dem Bauch, ihre Finger packten die Decke, als würde sie das davon abhalten, sich zu einer trägen Masse zur verflüssigen und vom Bett zu gleiten. „Willst du mich zu Tode ficken?"

Alex ließ sich neben ihr auf die Matratze fallen, die Beine zwischen ihren. Ein Schweißfilm lag auf seiner Stirn, und seine Augenlider waren halb geschlossen, während er sie zufrieden anstarrte. „Atempause? Ich könnte so eine bis fünf Pizzen verdrücken."

Beiden knurrte in diesem Augenblick so laut der Magen, dass das Geräusch fast von den Wänden widerhallte.

Lara lachte, blies sich eine Haarsträhne weg, die ihr übers Gesicht gefallen war, weil sie nicht mehr die Kraft in den Armen hatte, sie mit den Fingern zu bewegen. „Sie haben ein Restaurant mit Michelin-Stern, und du willst Pizza?"

„Oh, ich nehme auch ihre Tagesgerichte zusätzlich zur Pizza. Magst du Peperoni?"

„Vegetarisch", warf sie ein, nur um zu sehen, wie er eine Grimasse schnitt. „Das war ein Witz. Wolf, weißt du noch? Fleischliebhaber. Schau mal nach, ob sie ein Tagesgericht mit Kaninchen anbieten."

Er schnaubte. „Verdammt. Daran erinnerst du dich? Das war ein genialer Einfall von demjenigen, der sich diesen Zeitungsartikel ausgedacht hat, um die Tatsache zu vertuschen, dass der örtliche Pizzalieferdienst eine Topping-Option speziell für Shifter anbietet."

Lara zwang ihren Körper dazu, sich aufrecht

hinzusetzen, und strich ihm mit der Hand über die Brust hinauf, nur weil sie es konnte. „Danke, ich war an diesem Tag ziemlich inspiriert."

Alex legte sich um sie. „Im Ernst, das warst du?"

„Ich musste was tun. Es war jemand aus dem verdammten Orion-Rudel, der die Geschäftsleitung davon überzeugt hat, Kaninchen-Happen mit scharfem Chili und extra Käse auf die Speisekarte zu setzen. Security heißt nicht nur, Leute dort rauszuhalten, wo sie nicht sein sollten. Es heißt auch, dass man, wenn nötig, etwas hindrehen muss."

Er verzog das Gesicht. „Ich glaube nicht, dass ich so klug gewesen wäre, mir das aus den Fingern zu saugen. Mit so einem Schwachsinn schlägt sich mein Bruder herum. Gut gemacht."

Sie krochen weiter nach oben im Bett und lehnten sich an die Kissen, während sie die Speisekarte des Zimmerservice durchgingen. Sie bestellten eine unmögliche Menge Essen, dann huschten sie unter die Dusche.

Lara schlug seine Hände ein dutzendmal weg, ehe sie es aufgab, und konnte erst fliehen, als der Summton an der Tür ertönte.

Alex starrte noch immer, in seiner Miene lag mehr als nur Hunger auf das Essen, während sie sich einen Bademantel anzog und zur Tür begab, um die Bedienung hereinzulassen.

Auf ihrem Namensschild stand Chantelle, und ihre Masse aus kleinen Löckchen hüpfte auf und ab, während sie einen Wagen voller Essen hereinschob. An ihr war etwas, das dafür sorgte, dass Lara sich vorbeugte, und ihre Neugier wuchs, als ...

„Ich hoffe, alles ist zu Ihrer Zufriedenheit." Chantelle

sah sich im Zimmer um, ehe sie einen Umschlag aus ihrer Tasche zog und ihn Lara reichte. Die andere Frau sprach leise. „Das ist für Sie. Lesen Sie es nur allein."

Sie verließ das Zimmer ohne ein weiteres Wort, und Lara starrte den Umschlag in ihrer Hand entsetzt an.

Verdammt, sie hatte gedacht, sie hätte alles überprüft, und dass dieses Spa sauber wäre. Doch jetzt hatte sie einen Umschlag in den Händen, der aus dem Büro des Rudels kam, und die Frau, die gerade gegangen war, hatte den Geruch ihrer Schwester überall an sich – Chantelle war wohl in letzter Zeit im Rudelhaus gewesen.

Etwas stimmte nicht, und Lara hatte keine Ahnung, wie sie damit umgehen sollte. Nicht, ohne dass Alex einige Geheimnisse entdeckte.

13

Auch wenn Alex das Paarungsfieber schon ein paar Jahre lang kannte, war es, als er es mit Lara teilte, das erste Mal, dass er es komplett mitnahm. Zu seiner Erinnerung daran, dem Fieber in der Vergangenheit ausgewichen zu sein, gehörte, dass er sich verwandelt hatte, und sein Bär war niemals gut darin, sich an Einzelheiten zu erinnern.

Dieses Jahr war auf so vielen Ebenen etwas anderes. Nicht nur, weil er eine bereitwillige und, er gestand es sich ein, begierige Partnerin hatte, mit der er spielen konnte, sondern seiner menschlichen Seite schien es sehr viel leichter zu fallen, die Oberhand zu behalten.

Was verrückt klang, aber das war ja das Problem, wenn man zugleich ein Mensch und ein Tier war. Sie waren dieselbe Person, und doch gab es Zeiten, zu denen sein Bär einen völlig anderen Sinn für Humor hatte, unter anderem.

Nach sechsunddreißig Stunden Spa-Wochenende hatten sie die Suite noch kein einziges Mal verlassen. Es war nicht nötig gewesen, und in den ersten vierundzwanzig Stunden war es Alex schwergefallen, sich mehr als ein paar

Zentimeter von Lara zu entfernen. Wenn er nicht in ihr gewesen war, hatte er sie mit so viel von seinem Körper berührt wie möglich.

Selbst als das Essen gekommen war, hatte er festgestellt, dass es schwierig war, seine Hände von ihr fernzuhalten. Lara hatte schließlich die endgültige Entscheidung getroffen, dass sie beide im Schlafzimmer eingeschlossen bleiben würden, während die Angestellten Massen an Essen ins Wohnzimmer schoben.

Lara saß sofort wieder neben ihm, die Beine in seine verschränkt, während sie zum Beistelltisch griff, um sich eine weitere Handvoll Popcorn zu holen. Der übergroße Bademantel, auf den sie bestanden hatte – trotz seines Vorschlags, dass die Suite eine kleiderfreie Zone bleiben sollte – klaffte auf, während sie sich auf der luxuriösen Couch zurücklehnte.

„Du hast die Kontrolle verloren", neckte sie ihn und deutete mit einer Hand auf den Tisch. „Ich meine, ich weiß die Kalorien zu schätzen, aber fünf verschiedene Sorten Kartoffelchips?"

Sie hat gesagt, sie mag sie, beharrte sein Bär.

Ich glaube dir, versicherte er schnaubend dem Tier, amüsiert, weil er sich nicht erinnerte, dass er diesen Teil der letzten Bestellung beigefügt hatte, die sie telefonisch geordert hatten.

Ja, dass der Bär die Verantwortung hatte, führte zu seltsamem Zeug auf der Speisekarte.

Alex arrangierte Lara auf der Couch neben sich um, zog ihre Füße auf den Sitz, damit die Knie hochgingen. „Zusätzliche Baumaterialien bedeuten, dass es Zeit zum Spielen ist. Beweg dich nicht."

Er fuhr damit fort, eine Handvoll Chips aus der Schale zu nehmen, und arrangierte sie auf ihrem Körper. Winzige

Türmchen aus knusprigem Genuss erhoben sich auf ihren beiden Knien und den Schultern.

Als er sich vorbeugte, um auf jeder ihrer Brüste eine kleine Inuksuk-Statue zu bauen, lachte Lara leise. „Du bist albern."

„Keine Erdbeben erlaubt, Süße. Halt ganz, ganz still."

Sie wartete reglos, während er seine Aufgabe vollendete, das Lächeln auf ihren Lippen war aufrichtig und breit. „Ich wusste nicht, dass du einen solchen Sinn für Humor hast."

Alex starrte auf sie hinab, während sie gut gelaunt seine unerklärliche Seltsamkeit hinnahm. Ein plötzlicher Ruck ging durch ihn hindurch, weil ihre Anmerkung zutreffend war. „Bären spielen gern, aber ich hatte in letzter Zeit nicht viel Gelegenheit dazu."

Ihre Miene wurde weicher. „Es ist hart, wenn man in der Security arbeitet. Es fühlt sich an, als würden alle erwarten, dass man allzeit bereit und hammerhart ist. Und das ist nichts Schlechtes, aber es ist nicht das Einzige. Darum weiß ich, was du meinst. Mein Wolf spielt auch gern."

Alex strich mit dem Finger über ihre Haut, der Bademantel öffnete sich weiter, sodass ihre Beine für seine neckenden Hände und den wandernden Blick entblößt wurden. Er berührte sie, während er redete, fragte sich, warum er eine so lockere Zunge bekam. Warum er das mit ihr teilte, doch es fühlte sich richtig an. Er hatte das Gefühl, wenn sie fast nackt waren, hieß das, dass auch ihre Worte nackt sein mussten.

Aufrichtig und ungefilterter, als er es jemals vor jemandem zugelassen hatte. „Meine Brüder sind darin besser als ich. Darin, ihre tierischen Seiten spielerisch sein zu lassen. Nun, James auf jeden Fall. Cooper kann sich völlig verspannen, wenn es darum geht, die Dinge richtig zu machen, aber selbst er hat Augenblicke, in denen er beschließt, die Regeln Regeln sein zu lassen."

Sie hätte in einem Zen-Garten sitzen können, statt mit Barbecue-Chips-Krümeln und Stapeln aus Kartoffelstücken bedeckt zu sein. Sie wirkte so ruhig und friedlich.

Lara sprach behutsam. „Nach allem, was sich über deine Familie weiß, hast du viel, worum du dankbar sein kannst. Wenn die Tatsache, dass du keine Zeit zum Spielen hast, etwas ist, das sich ändern muss, wette ich, sie würden dir zuhören. Sie würden dir helfen, eine Möglichkeit zu finden, dass du immer noch der geniale Security-Kopf sein kannst, aber auch Freizeit für die Teile von dir bekommst, die mal eine Pause brauchen."

Alex beäugte sie genau. Obwohl er vor ein paar Tagen noch so argwöhnisch ihr gegenüber gewesen war, beharrte sein Bauchgefühl darauf, dass diese geteilte Zeit völlig aufrichtig war. Als ob sie wirklich versuchen würde, seine Welt besser zu machen.

„Das ist komisch, oder? Diese ganze Sache, dass du und ich uns austauschen."

Sie schaute ihm in die Augen, und eine Augenbraue ging hoch. „Nimmst du mich auf den Arm? Wenn Körperverzierungen mit Kartoffelchips auf der Tagesordnung stehen, dann ist eine Plauderei zwischen dir und mir über Gefühle völlig normal."

Er grollte vor Erheiterung und bewegte sich vorsichtig zu ihr. „Körperverzierungen, die lecker sind. Lass mich das mal überprüfen."

Er schaffte es, den Stapel von ihrem Knie wegzuknabbern, ehe er abgelenkt wurde, und als sie fertig waren, war die Couch mit Chipskrümeln und zwei zufriedenen Körpern bedeckt.

Sie verfielen auf eine Routine. Sex, essen, reden. Der Sex war jenseits aller Vorstellung, das Essen fantastisch, aber am Abend des zweiten Tages freute sich Alex allmählich auf die Zwischenspiele, bei denen sie über alles und jeden redeten.

Sein Bär verdrehte gut gelaunt die Augen und schien sein bestes Benehmen an den Tag zu legen, klopfte fast schon höflich an, um Unterhaltungen zu stören, wenn es an der Zeit für eine weitere Runde hitzigen Sex war.

Lara erzählte gerade eine weitere Geschichte darüber, das jüngste Mädchen von fünf zu sein, als es an der Tür ihrer Suite klopfte.

Sie spannte sich an, das Glück und die Entspannung in ihrem Körper verschwanden zwischen einem Atemzug und dem nächsten.

Alex machte sich instinktiv auf etwas bereit. „Was ist los?“

„Nichts.“ Doch ihr Blick huschte zur Tür, ihre Schultern spannten sich an, als würde sie sich darauf vorbereiten, sich einem Angriff zu stellen.

Warnsignale meldeten sich, und Alex lief zur Tür. Er schaute durch den Spion und riss sie auf, um einen überraschten Kellner zu finden, der zurücktrat, während er gerade noch eine übergroße Schale in seinen Händen im Gleichgewicht hielt.

„Was?“, wollte Alex wissen.

Das Gesicht des Mannes war völlig weiß geworden, aber er hielt die Hände vor, als würde er eine Opfergabe bringen. „Lieferung für Ms. Lazuli.“

Alex stieß ein tiefes Knurren aus und nahm den Behälter, während er beobachtete, wie der Mann weghuschte, als wären die Höllenhunde hinter ihm her.

Seltsam.

Er wandte sich um und brachte die Lieferung zu Lara. „Hast du was bestellt?"

Sie legte die Stirn in Falten. Sie zog eine Karte oben vom Deckel und öffnete sie, und er las die Nachricht über ihre Schulter.

Süßes für die Süße.

Sie zog den Rand des Deckels zurück, und der Geruch reifer Heidelbeeren füllte die Luft. Auf keinen Fall der gefährliche Gegenstand, den er nach ihrem Benehmen vorhin erwartet hätte.

Alex zwang seine Stimme dazu, im normalen Tonfall zu erklingen, und versuchte sich an Leichtigkeit. „Ich hoffe, du hast vor, die zu teilen."

„Natürlich. Bedien dich." Sie neigte die Schale zu ihm, aber ihre Schultern waren immer noch angespannt. Sie lächelte, doch echt war es nicht.

Ehe er noch eine weitere Frage stellen konnte, nahm sie eine reife Beere aus der Schale und drückte sie ihm an die Lippen. Eines führte zum anderen, und die verwirrende Situation stahl sich aus seinen Gedanken davon, als das Paarungsfieber einmal mehr die Kontrolle übernahm.

Der Montagmorgen kam. Alex lag auf einem Vorleger vor dem Kamin, Lara über seinen Rücken drapiert. Sie fuhr mit den Fingerspitzen über seine Schulterblätter, und er konnte sich nicht erinnern, wann er sich das letzte Mal so entspannt gefühlt hatte.

„Das ist noch nicht durch", warnte er sie. „Ich weiß, dass wir heute auschecken müssen, aber ich bin noch nicht aus dem Fieber raus, darum müssen wir darüber reden, wie wir damit fertig werden."

Sie holte tief Luft und stieß sie langsam aus, die Luft blies über seinen Rücken, während ihre Wange an seiner Schulter ruhte. „Ich kann es noch um einen Tag verschieben, zurück zum Rudelhaus zu kehren, aber darüber hinaus könnte es schwierig werden."

Er drehte sich, fing sie auf, als sie herabfiel, und zog sie auf seinen Schoß. In dem Augenblick, in dem sie gesprochen hatte, war die Anspannung zu solchen Höhen aufgestiegen, als hätte jemand Daumenschrauben angezogen.

Alex schaute ihr ins Gesicht, entsetzt, dass er Tränen in ihren Augen entdeckte. „Verdammt. Wenn es dir Schwierigkeiten mit deinem Rudel macht, dass du bei mir bist, werde ich tun, was getan werden muss, um sie zu glätten."

„Das ist es nicht", beeilte sie sich, ihm zu versichern. „Sie haben keine Kontrolle darüber, mit wem ich zusammen sein will ..."

Die Art, wie ihre Worte ausklangen, ließ alle möglichen Warnsignale aufploppen.

„Lara. Was zum Teufel ist los? Die letzten drei Tage hast du mit mir gelacht und mich aufgezogen und alles mit mir geteilt. Nicht nur den Sex, sondern mehr als das, aber ich erkenne, dass der Gedanke, zurück ins Rudelhaus zu kehren, dich verstört."

Ihre Miene wurde sogar noch verschlossener.

Sein Bär war alarmiert.

Plötzliche Klarheit machte sich breit, und er war sicher, dass er wusste, was los war. „Oh, verdammt. Dein Rudel hat etwas vor. Was machen sie, Lara? Worin sind sie verwickelt, dass du es nicht erträgst, es mir zu sagen?"

„Etwas vorhaben? Wovon redest du – oh, *Scheiße*." Sie zögerte.

Verdammt. Er senkte die Stimme und sprach, so aufrichtig er konnte. „Auf die Gefahr hin, heikle Erinnerungen wachzurufen, ich habe dir einmal gesagt, dass Freunde einander gerne helfen. Damals wollte ich dich manipulieren, aber jetzt meine ich es ernst. Lara, ich betrachte dich als meine Freundin. Du kannst mir sagen, was los ist, und ich werde helfen."

Tapfere, mutige Wölfin.

Sie schaute ihm direkt in die Augen. „Du willst die Wahrheit? Dann bekommst du sie. Ja, ich argwöhne, dass mein Rudel nichts Gutes im Schilde führt, aber das ist es nicht, was mich im Augenblick verstimmt. Der Grund, weshalb ich nicht zurückwill, ist, dass meine Schwester mir freundlicherweise eine Nachricht geschickt hat, um mich wissen zu lassen, dass sie es für an der Zeit hält, dass ich einen Partner finde. Und da es bei mir mit niemandem aus unserem örtlichen Rudel Klick gemacht hat, hat sie ein halbes Dutzend potenzielle Partner zu Besuch eingeladen. In dem Augenblick, in dem ich nach Hause zurückkehre, wird dort eine Horde machthungriger Wölfe herumschnüffeln, um zu sehen, ob ich mit einem von ihnen etwas anfangen möchte."

Sein Bär war jenseits von alarmiert, ein explosiver Zorn machte sich in ihm breit.

Alex wollte Lara wirklich antworten, aber in diesem Augenblick musste er daran arbeiten, das Tier an die Leine zu nehmen, oder wer wusste, was passieren würde.

Sie verlässt uns nicht, forderte sein Bär. *Sie gehört uns.*

Ich weiß. Wir sind noch nicht fertig mit dem Spielen. Beruhige dich und lass mich mit ihr reden. Alex nahm seine tierische Seite in den Würgegriff.

Der Wolf gehört mir, brüllte sein Bär.

Was darauf folgte, war nicht leicht zu beschreiben, doch zum Großteil ging es um Alex, der um Kontrolle kämpfte, während sein Bär versuchte, im Zimmer herumzustapfen und alles kurz und klein zu schlagen. Völlige Verwirrung, völliges Chaos.

Gefährlich und tödlich, denn dem Großteil von ihm war es völlig egal, wer verletzt wurde, solange Lara sicher an seiner Seite blieb.

Ein fester Griff packte sein Ohr und zerrte ihn nach hinten, bis er stehen blieb. Aus der Verbindung wurde erst leichter Druck, dann heißer Schmerz, und dann war Lara vor ihm, ihre schönen bernsteinfarben gefleckten Augen funkelten ihn an, als wäre sie ein Racheengel.

„Du hörst jetzt damit auf", sagte sie, Macht grollte in ihrem Befehl.

Ein Aufblitzen der Reißzähne und das Gefühl von Klauen ließ Alex' Bär in erstarrter Verwunderung glotzen. Die Wolfskräfte betrafen ihn nicht, oder nur insofern, dass sie heißer waren als die Hölle, aber das Komplettpaket, dass Lara ein Machtwort sprach, wirkte auf ihn wie zwei Handschellen, kombiniert mit einem Aphrodisiakum.

Als er wieder zu sich kam, saß er mitten in der Küche, mit einem mörderischen Ständer. Lara saß rücklings auf seinen Hüften, eine Hand in die Vorderseite seines Hemdes vergraben, die andere strich ihm immer wieder über die Haare, eine Bewegung, bei der seine innere Bestie wie ein Kätzchen schnurrte.

„Ich glaube, ich bin wieder da", informierte er sie. Er entschied sich, seinen schmerzenden Ständer zu ignorieren, stattdessen beugte er sich vor, um seinen Mund zu einem kurzen Kuss auf ihren zu drücken. „Danke."

Einer ihrer Mundwinkel wölbte sich nach oben, der schiefe Ausdruck leicht amüsiert und größtenteils dümmlich. „Regel Nummer 3. Erwähne keine potenziellen Rivalen ohne Vorwarnung. Vertraue mir, Alex, ich habe null Interesse daran, mich mit einem dieser Wölfe einzulassen, die zu Besuch kommen. Aber das ist unwichtig. Wir müssen darüber reden, wie ich dir helfen kann, weiter mit dem Paarungsfieber fertig zu werden."

Völlig egal. Zu diesem Zeitpunkt waren ihre Probleme miteinander verbunden, soweit es ihn betraf. „Dafür gibt es eine einfache Lösung. Ich schätze, wir brauchen mindestens weitere vier Tage, damit ich mit dem Fieber völlig durch bin. Wenn du nach Hause gehen musst, dann komme ich mit dir."

Ihr Mund klappte auf. „Ich wohne im Rudelhaus."

Er grinste sie breit an. „Dann schätze ich mal, dass dieser Bär bei den Wölfen einzieht."

14

———

*D*ie letzten fünfzehn Minuten waren mit die seltsamsten in ihrem ganzen Leben gewesen. Vielleicht träumte sie. Das würde erklären, weshalb Lara gerade gehört hatte, wie das Unmögliche aus Alex' Mund gekommen war. „Du willst in das Haus des Orion-Rudels ziehen", wiederholte sie.

Sein Blick schweifte über ihr Gesicht und ihren Oberkörper hinab, seine Finger bewegten sich zur Vorderseite ihres Bademantels, um langsam den Knoten zu öffnen, den sie rasch geschlossen hatte, als sie seinem Bären mit ihren Ninja-Moves hatte kommen müssen.

„Ja. Im Rudelhaus leben nur Erwachsene, oder?" Als sie gedankenlos zustimmend nickte, stieg ein leises Grollen aus seiner Brust auf. „Perfekt. Ich hoffe, ihr habt anständigen Lärmschutz zwischen den Schlafzimmern."

Sie schnaubte, dann legte sie sich eine Hand über den Mund. „Vielleicht sollte ich einen Zimmertausch vorschlagen. Wir können die Gäste-Suite neben dem Gemeinschaftsbereich nehmen."

Nicht, dass dort der Lärmschutz irgendwie besser gewesen wäre. Aber wenn sie die angereisten Wölfe überzeugen wollte, sie in Ruhe zu lassen, wäre der unverhüllte laute Sex, der aus dem Zimmer schallte, vielleicht eine Art, um sicherzustellen, dass die unerwünschten Gäste wussten, dass sie derzeit beschäftigt war.

Alex ließ seine Fingerknöchel über ihren Oberkörper hinab und über die Rundung ihrer Brust gleiten, beobachtete intensiv, wie seine Hand weiter wanderte, noch während er sprach. „Ernsthaft, ich meine das so. Ich glaube, wir müssen zusammenarbeiten. Ich werde dir helfen, die Wölfe abzuhalten, und wir können herausfinden, was für einen Unfug dein Rudel vorhat, sodass sich bei uns beiden die Alarmglocken melden. Damit habe ich doch recht, oder nicht?"

Lara zögerte einen Augenblick, ehe sie es zugab. „Hast du, aber ich will, dass du mir versprichst, zuerst mit mir zu reden, wenn du etwas Verdächtiges entdeckst. Ich schwöre, ich will nicht, dass das Rudel etwas Fieses macht, aber du kannst nicht vorschnell losziehen und Köpfe abbeißen, bevor wir eine Gelegenheit haben, sie die Dinge richtigstellen zu lassen."

Er nickte knapp. „Nach den Geschichten, die du mir über deine Schwester erzählt hast, klingt es seltsam, dass sie sich in etwas wirklich Hässliches verwickeln lassen würde. Wir werden zusammenarbeiten und das herausbekommen."

Sie lehnte die Stirn an seine. „Vielen Dank. Und danke, dass du mir hilfst, mit meinen unerwünschten Gästen fertig zu werden."

Ärger blitzte über sein Gesicht, aber er hielt seinen Bären und Kontrolle. „Glaub mir, ich verstehe, wie frustrierend es ist, wenn jemand einem Dinge vorschreiben will, die das Privatleben betreffen."

In ihrem Inneren machte sich ihre Wölfin bemerkbar, wand sich vor Sorge. *Was, wenn es jemanden gibt, mit dem er zusammen sein soll? Jemand, der nicht wir sind.*

Lara beruhigte ihr inneres Tier, so gut sie konnte, noch während sie nach der Kraft suchte, ihre Sorge in Worte zu fassen. „Will jemand da draußen dich verkuppeln?"

Er legte ihr die Hände auf die Hüfte und verzog das Gesicht. „Ich habe dir doch gesagt, dass das mein erstes offizielles Paarungsfieber ist. Ich hatte auch vor, es dieses Jahr zu vermeiden, aber durch die Manipulation meines Opas haben meine Brüder und ich zugestimmt, dass wir der Natur ihren Lauf lassen." Er hob eine Hand und legte ihr einen Finger auf die Lippen, bevor sie eine Frage stellen konnte. „Keine Sorge, du wirst nicht mit mir festsitzen. Das war eine sinnvolle Erkenntnis, nachdem wir gesehen haben, wie James mit Kaylee zusammen kam. Ja, mein Bär mag dich, aber es besteht keine Gefahr, dass wir uns am Ende paaren, ohne dass unsere menschlichen Seiten zustimmen, dass wir das voll und ganz wollen."

Lara war sprachlos, ihr Gehirn drehte sich mit einer Million Stundenkilometer im Kreis. Es war die Bestätigung dessen, was Kaylee ihr nebenher gesagt hatte, aber zu wissen, dass Alex sie absichtlich aufgesucht hatte, um mit ihr zu schlafen, weil er wusste, dass das Endergebnis nicht von Dauer sein würde ...

Das bisschen Hoffnung, das sich in den letzten Tagen aufgebaut hatte, wurde wimmernd ausgelöscht.

Es war ohnehin ein törichter Traum gewesen, aber sie verstanden sich so gut, dass Lara angefangen hatte zu hoffen, dass vielleicht die Chance auf mehr bestand.

Alex war die ganze Zeit über ehrlich und aufrichtig

gewesen. Er hatte gesagt, dass das eine einmalige Angelegenheit war, und sie hatte das akzeptiert, als sie zugestimmt hatte. Und die Dinge *hatten* sich zwischen ihnen verändert. Sie waren nicht mehr länger Gegner, sondern arbeiteten jetzt zusammen. Dieser Teil war gut.

In ihrem Inneren machte ihre Wölfin ein Geräusch, das einem brechenden Herzen erstaunlich nahekam. *Das reicht nicht. Freunde reicht nicht. Ich will meinen Partner.*

Ich weiß, Kleine. Ich weiß.

Dann nahm sich Lara zusammen, denn das hatte sie immer getan. Sie würde die Beziehung feiern, die sie aufgebaut hatten. Die Gelegenheit, in den nächsten paar Tagen mit ihm zusammen zu sein, war der Krümel, den sie nehmen und mit allem genießen würde, was sie hatte.

Sie strich mit den Handflächen über die Bartstoppeln an seinem Kinn und konzentrierte sich auf die Kleinigkeit, die an ihr nagte, die sie aussprechen konnte. „Wenn du irgendwann vorhast, deinem Großvater die Meinung zu geigen, stehe ich zur Verfügung."

Sein Lachen klang laut und deutlich durch die Luxus-Suite. „Er ist ein Bastard, aber wir mögen ihn. Es ist schwer, den Alten zu hassen, wenn er so davon überzeugt ist, dass er charmant ist."

„Ich sage nur, wenn du dich rächen willst, stehe ich für dich ein."

Alex rieb seine Nase an ihrer, sein Lächeln hellte die Luft um sie herum mit eindeutiger Erheiterung auf. „Blutrünstige Wölfin. Das mag ich an dir. Ich verspreche dir, wir werden zusammenarbeiten, jetzt mit deinem Rudel, und später, um es Opa schwer zu machen." Er nahm ihr Handgelenk und zog ihre Hand langsam über seinen Körper hinab, die Handfläche glitt über feste Bauchmuskeln und weiter nach unten. „Ich verspreche außerdem, dass ich niemals etwas *vorschnell* mache.“

Die anschwellende Härte unter ihrer Hand war der perfekte Beweis. „Um dem Protokoll zu genügen, schüttelt man sich gewöhnlich die Hände nach einer Abmachung.“

Alex knurrte, ehe er seine Finger bestärkend um ihre legte. „Lass mich dir dabei helfen.“

~

Vier Stunden später kam ihre Zusammenarbeitsinitiative an ein Ende.

Nachdem sie ausgecheckt hatten, waren sie in ihre eigenen Fahrzeuge gestiegen und zurück nach Yellowknife gefahren. Lara war Alex bis zu seiner Wohnung gefolgt, wo sie eine kurze Zwischenstation einlegten, um mit dem Paarungsfieber fertig zu werden, das während ihrer kurzen Zeit in getrennten Fahrzeugen feurig heiß entflammt war. Was hieß, dass Alex sie in dem Augenblick anfiel, in dem sie durch die Tür gingen. Die hitzige Session sorgte dafür, dass seine Wohnzimmermöbel umgekippt wurden, ein großer Teppich sich unter dem Esstisch zusammenschob, und ein kompletter Umriss ihres nackten, schwitzenden Oberkörpers sich auf dem Fenster im Wohnzimmer abzeichnete.

Alex und das Paarungsfieber ließen keine Gelegenheit aus. Lara war ziemlich beeindruckt.

Dann hatten sie sich beide verwandelt und waren ein paar Stunden auf Erkundung gegangen. Ihre Wölfin war hocherfreut gewesen, ungehindert durch sein Revier zu streifen. In seiner riesigen Bärengestalt hatte Alex völlig entspannt gewirkt, als sie neben einem Fluss hergingen und im nachmittäglichen Sonnenschein herumlungerten. Sie hatte sich neben ihm zusammengerollt und das Kinn auf seine Pfoten gelegt, sein warmer Atem war über sie gestrichen, als er ihren Blick erwidert hatte.

Sanft. So völlig sanft, während er spielerisch versuchte, nach ihr zu schlagen, und sie um ihn herumtänzelte, viel zu geschwind, um erwischt zu werden.

Es war wunderbar gewesen, als Wolf und Bär zusammen zu spielen, und es linderte einen Teil des Schmerzes, der immer noch an ihrem Herzen zerrte.

Durch den Sex und die Zeit in ihrer Tiergestalt hatte Lara gehofft, dass es ausreichen würde, ihn mehr oder weniger unter Kontrolle zu halten, als sie sie zurück zum Rudelhaus fuhren, und er schien durchaus ruhig, als sie auf den Parkplatz einbogen.

Aber bis sie aus dem Auto stiegen und sie zu ihm auf den Bürgersteig trat, der zum Haupteingang führte, waren Alex' Augen voll und ganz Bär.

Es war keine Hilfe, dass sich eine ganze Schar Leute auf der vorderen Veranda versammelt hatte. Zum größten Teil unbekannte Gesichter – und um ehrlich zu sein, eine ziemlich gut aussehende Schar. Aber eine Konfrontation mit sechs männlichen Alphawölfen half Alex nicht, sein Temperament in Schach zu halten.

Lara schob ihre Finger in seine, zog an ihm, um seine Vorwärtsbewegung zu beenden. „Wie geht es dir?", fragte sie leise.

„Fantastisch." Das Wort kam einem Knurren so nahe, wie es aus einer menschlichen Kehle nur möglich war.

Einer der Gründe, weshalb das Rudelhaus am Rande der Stadt lag, bestand darin, dass einzelne Details aus dem Leben als Shifter für die Menschen der Stadt nicht so leicht zu sehen sein sollten. Lara hatte viele Gründe, darum dankbar zu sein, aber niemals so sehr wie jetzt.

Sie drehte sich, um sich vor Alex zu stellen, weil sie hoffte, ihn in ein anderes Umfeld steuern zu können.

Zu spät. Er hatte bereits sein Hemd ausgezogen und war dabei, seine Jeans und Unterwäsche über die schmale Hüfte zu schieben. Stiefel wurden weggeschleudert, eine Sekunde, bevor er ihr in die Augen schaute ...

Und zwinkerte.

Einen Augenblick später saß neben ihr auf dem Bürgersteig ein riesiger Eisbär, ein Grinsen auf dem Gesicht, den Kopf zur Seite gelegt, als wäre er ein unschuldiger Welpe.

Lara stieß ein leidendes Seufzen aus, dann sammelte sie seine Kleider auf. „Kein Blutvergießen", rief sie ihm in Erinnerung. Dann beugte sie sich hinab und berührte mit ihrer Nase seine. „Du bist ziemlich beeindruckend. Habe ich außerdem erwähnt, wie viel süßer als erwartet ich Eisbären finde?"

Er kniff die Augen zusammen, seine Ohren legten sich nach vorne.

Sie grinste, rieb über den Pelz oben auf seinem Kopf, ehe sie mit den Fingern hinter sein Ohr fuhr, um ihn sanft zu kraulen. „Ich glaube, wir haben einen Teil unseres Publikums verloren."

Alex wiegte sich nach vorne und stieß sie mit dem Kopf in den Bauch, sanft, aber stark genug, dass sie sich bemühen musste, das Gleichgewicht zu halten. Sie lachte, dann drehte sie sich zur vorderen Veranda um, um zu entdecken, dass die Hälfte der unwillkommenen Gäste verschwunden war.

Leider waren das auch schon die guten Nachrichten. Die schlechte war, dass ihre Schwester nun ganz im Mittelpunkt stand.

Crystal hatte die Arme vor der Brust verschränkt und

einen unfreundlichen Ausdruck auf dem Gesicht. „Was zum Teufel tust du denn hier?"

Lara hielt unten an den Stufen an, ihr Körper in Alarmbereitschaft. Zumindest bis Alex neben sie trottete, eine Pfote zu jeder Seite ihrer Beine, überall um sie herum.

Sie verstand die Botschaft – er deckte ihr den Rücken.

Sie hob das Kinn und schaute ihrer Schwester in die Augen. „Du hast mir befohlen, zum Rudelhaus zurückzukehren, darum bin ich hier. Leider war ich gerade mit etwas beschäftigt, das ich nicht abbrechen kann."

Crystal verdrehte die Augen. „Ach, bitte. Du fickst ihn – das rieche ich von hier aus. Aber mach es doch in deiner Freizeit und irgendwo anders."

„Kann ich nicht. Paarungsfieber."

Das Stirnrunzeln ihrer Schwester vertiefte sich. „Raus. Er ist nicht dein Partner. Das weiß ich sicher."

Schmerz schoss bei dieser Anmerkung durch Lara hindurch. Es stimmte – es mochte ihnen bestimmt sein, Partner zu sein, aber im Augenblick hatten sie keine wirkliche Paarbindung.

Lara verfiel auf Sarkasmus, den sie als Rüstung nutzte. „Nein. Aber aus irgendeinem Grund, vermutlich wegen einer gewissen kleinen ‚finde Freunde und beeinflusse Leute'-Situation, in die du mich damals versetzt hat, sind Alex und ich während der Dauer zusammen. Das ist so eine Bärensache. Es ist nicht unsere Art, und für dich ergibt das keinen Sinn, aber es ist etwas, das wir respektieren müssen."

Träge Flüche rollten über Crystals Lippen, ehe sie den Kopf schüttelte und in das Rudelhaus stürmte, während sie hinter sich die Tür offenließ. Ein letzter Befehl erklang über ihre Schulter: „Wenn er irgendwas kaputtmacht, muss er es bezahlen."

Lara trat vor, begegnete dem Blick eines jeden Wolfs,

den ihre Schwester herbeigerufen hatte. Nur zweien von ihnen gelang es, ihren Blick kurz festzuhalten.

Derjenige, der es wagte, näherzutreten, stolperte einen Augenblick später von der Veranda. Alex hatte scheinbar zufällig seine riesige Hüfte herumgeschwungen, die den Mann am Oberschenkel erwischte und ihn ins Taumeln brachte.

Lara lachte. Sie legte eine Hand auf Alex' pelzige Schulter und führte ihn ins Rudelhaus. Für eine Heimkehr war es die seltsamste aller Zeiten, und doch hätte sie gar nichts ändern wollen.

Naja, vielleicht eine Sache. Sobald sie ihn allein in ihre Räume bugsiert hatte, würde sie ihn davon überzeugen müssen, sich zurück in einen Menschen zu verwandeln.

Sie beugte sich dichter zu ihm und murmelte ihm ins Ohr: „Habe ich schon erwähnt, dass es mich ganz heiß macht, wenn du so knurrst?"

Sie hätte warten sollen. Eine Sekunde später verfolgte sie ein äußerst nackter, äußerst erregter Alex tiefer in das Rudelhaus hinein. „Du hast dreißig Sekunden, um uns einen Raum zu finden, in dem wir Ruhe haben, oder ich bin nicht für etwas verantwortlich, das definitiv nicht jugendfrei wird."

Lara lief davon, Alex stapfte ihr nach. Sie schaffte es in siebzehn Sekunden in ihr Zimmer, hatte nach vierundzwanzig Sekunden hinter ihm die Tür geschlossen und in neunundzwanzig ihre Klamotten ausgezogen.

Herausforderung gemeistert.

Alex starrte auf sie hinab, während er näherkam, fing ihre Finger ein und holte sie zu sich. „Wölfe haben ein wirklich empfindliches Gehör, oder?"

Oh, Scheiße. Sie presste die Lippen aufeinander, ihr Puls ging bei dem Ausdruck in seinen Augen hoch.

Sein Grinsen wurde breiter. „Bis ich heute Abend fertig bin, werde ich dich so oft meinen Namen brüllen lassen, dass jeder im Haus des Orion-Rudels nach Ohrstöpseln sucht oder für etwas Ruhe und Frieden in ein Motel zieht."

Das tat er.

Und das tat sie.

Es konnte als gesichert gelten, dass sie es auch taten.

15

Die nächsten vier Tage waren verschwommen.

Alex hatte einige lebhafte Erinnerungen, besonders an den mörderischen Sex und die anhaltenden Gespräche zwischen ihm und Lara, aber zwischen diesen Höhepunkten lagen eine Menge Dinge, die unwirklich schienen.

Etwa die Art, wie sein Bär sich weigerte, zu kooperieren und sich im Rudelhaus höflich zu benehmen. Alex war von Kindesbeinen an beigebracht worden, dass die Verwandlung etwas Natürliches war, und dass es akzeptabel war, sich zur Vorbereitung der Verwandlung auszuziehen, aber es war nichts, was man in die Länge zog oder zur Schau stellte.

Und doch erwischte er sich mehr als einmal dabei, wie er pudelnackt durch das Rudelhaus marschierte, am Rande von Unterhaltungen stehen blieb. Vielleicht hatte er sogar ein wenig Zeit damit verbracht, während dieser Exkursionen seine Muskeln spielen zu lassen.

Es war nicht seine Schuld, dass Eisbären dazu neigten, ein paar Nummern größer zu sein als ein durchschnittlicher

Wolf, ob nun in Bärengestalt oder in Menschengestalt. Und überraschenderweise schien sich nach ein paar dieser improvisierten Besuche die Anzahl der Wölfe, die zu Laras Begutachtung hergeholt worden waren, zu vermindern.

Er verwandelte sich auch in seinen Eisbären und begab sich nach unten, um sich mitten in den Gemeinschaftsbereich zu setzen und die nervigen Wölfe anzufunken, bis Crystal ihn kopfschüttelnd zurück zu Laras Wohnräumen führte.

Die Alpha des Orion-Rudels deutete energisch auf das Zimmer.

Alex trottete gehorsam hinein, legte den großen Kopf über Laras nacktes Bein – das aus den Decken herausragte, wo sie mit dem Gesicht nach unten nach ihrem letzten Mal zusammengebrochen war. Er hatte sie recht erschöpft zurückgelassen.

Selbstgefällige Befriedigung kam bei diesem Gedanken in ihm auf.

Er kroch auf die Matratze an ihre Seite.

Sie rollte sich herum und schob die Finger in den Pelz an seinen Ohren. „Alex?“

„Halt dein Schoßtier unter Kontrolle“, knurrte Crystal von ihrem Platz an der Tür aus.

Lara drehte das Gesicht zu ihrer Schwester, blinzelte die Schläfrigkeit weg. „Was?“

„Er ist eine Bedrohung. Bleib dir im Klaren darüber, wo er ist – er ist wieder durch das Rudelhaus gestreift.“

„Ich schwöre, ich bin erst vor einem Augenblick eingeschlafen. Ich weiß nicht, weshalb er weggegangen ist.“

Crystal schnaubte. „Dann schlaf nicht mehr. Du musst ihn besser im Auge behalten. Mir ist es egal, ob das die Art der Bären ist, er darf nicht mit unseren Rudelmitgliedern Ballspielen.“

Lara wirkte verwirrt. „Wir ... haben doch gar keinen Platz fürs Ballspielen."

„Ich weiß." Crystal schnaubte in Alex' Richtung. „Er hat ein Rudelmitglied als Ball benutzt, und die Wand der Garage als Feld."

Lara blieb reglos, bis Crystal die Tür zuwarf, nachdem sie hinausgegangen war, und dann lachte sie, während sie sich auf die Knie schob und die Arme um seinen Hals schlang, völlig unbekümmert durch sein pelziges Ich.

Natürlich ist sie unbekümmert. Was sollte man denn daran nicht lieben?, prahlte sein Bär.

Alex übernahm die Kontrolle und verwandelte sich zurück in einen Menschen, noch während er innerlich kicherte. *Dein Ego hat auf jeden Fall kein Problem.*

Ebenfalls unter die Kategorie merkwürdig fielen die seltsamen Geschenke, die ständig für Lara ankamen. Am Montag war es eine Sammlung von den Ninja-Filmen. Am Dienstag kam ein großer Strauß Tulpen – weiß Gott, woher die im September gekommen waren.

Aber das ... *Aromatischste* ... war der Vormittag, an dem sie die Tür öffneten, um ein Planschbecken voller Fische mitten im Gang vorzufinden.

Die Tatsache, dass es frischgefangene Forellen waren, und zwar genug davon, um das ganze Rudel durchzufüttern, beruhigte die Wölfe, die Lara immer noch verwirrt beäugten, weil sie Alex ohne Erklärung mit nach Hause gebracht hatte.

Interessanterweise schien sein Bär von den ganzen Geschenken überhaupt nicht aus der Ruhe gebracht.

„Das sind sehr viel charmantere Geschenke, als ich sie von Verehrern erwartet hätte, die überhaupt kein Gefühl für mich haben", sagte sie und sog die Luft ein, während der Geruch nach Schokoladentrüffeln durch das Zimmer trieb, der aus einer riesigen Schachtel kam, die offen auf dem Sims lag. „Es muss wohl jemand sein, der einen guten Eindruck machen will."

„Funktioniert es?", fragte er.

Sie zog eine Augenbraue hoch, starrte ihn intensiv an. Sie lag nackt unter ihm auf dem Rücken, ihre Brust hob und senkte sich noch heftig von dem Sex, den sie kurz zuvor gehabt hatten. „Oh, auf jeden Fall. Hast du nicht gesehen, dass ich die Gänge des Rudelhauses rauf und runter laufe, auf der Suche nach jemanden, mit dem ich mich vergnügen kann, weil es einfach ewig her ist, dass ich das tun konnte?"

Alex schenkte ihr ein fieses Grinsen. Es fühlte sich gut an, dass er sie necken und beobachten konnte, wir ihr Herz ein wenig schneller schlug, indem er auf den Pulsschlag starrte, der an ihre Kehle hämmerte. „Wenn du noch Energie zum Verbrennen hast, dann schätze ich, muss ich ja gar nicht warten, um *das* zu tun ...".

Es dauerte eine ganze Woche, bis Alex sich sicher genug fühlte, dass das Fieber vorbei war, um sich hinaus an die Öffentlichkeit zu wagen.

Die gemeinsam verbrachte Woche war interessant gewesen. Alex war dankbar, zu wissen, dass er es unbeschadet durch ein weiteres Jahr geschafft hatte. Keine Paarbindung hatte sich eingestellt, obwohl er eine neue Wertschätzung für die Frau entwickelt hatte, die ihm geholfen hatte.

Diese Zuneigung bestand nicht nur auf sexueller Basis, obwohl er bereit gewesen wäre, es jederzeit zu wiederholen, wenn sie es anbot. Irgendwann in der letzten Woche hatte Alex Lara besser kennengelernt. Die Geschichten, die sie miteinander geteilt hatten, und die aufrichtigen Unterhaltungen bedeuteten, dass sie nun für ihn dreidimensional war. Sie war nicht mehr nur ein unbekannter Feind, sondern jemand, der sein Bestes versuchte, genau wie er.

Gelächter kam neben ihm auf, und Alex sah auf, um festzustellen, dass sein Bruder Cooper amüsiert den Kopf schüttelte.

Cooper wandte sich an Lara, die neben Alex am übergroßen Tisch saß. „Bist du sicher, dass er mit dem Fieber durch ist?"

„Warum fragst du das sie?", wollte Alex wissen. „Ich bin doch gleich hier."

James saß ihm am Tisch gegenüber, die Arme um seine Partnerin gelegt. „Weil du zwar körperlich hier bist, aber vor einem Augenblick völlig abgelenkt ins Nichts gestarrt hast."

Die Braunhaarige, die neben ihm saß, legte den Kopf schief, dann grinste sie. „Das sieht dir gar nicht ähnlich, Alex. Du bist immer so angespannt und fokussiert. Besonders, wenn man bedenkt, wo wir sind."

Kaylee deutete um sie herum.

Sie hatte recht. Wenn man bedachte, dass sie sich um einen großen Tisch im *Sirius Trouble* versammelt hatten, der von Wölfen geführten Kneipe, hätte Alex sehr viel angespannter sein sollen.

Besonders, wenn man bedachte, dass er und seine Brüder nur selten bei der Konkurrenz vorbeischauten. Außerdem waren Frauen bei ihnen – zum einen Kaylee – aber auch Amber, die Chef-Sekretärin bei Borealis Gems.

Außerdem Lara natürlich, aber zumindest war es schon irgendwie sinnvoll, dass sie hier war.

Ihre Anwesenheit war vermutlich der Grund, weshalb

er sich nicht die Mühe machte, alles genau im Blick zu behalten. Kurz hatten alle innegehalten, als er und Lara durch die Tür marschiert waren, aber da sie schon eine Woche lang mitgesehen hatten, wie Alex ins Rudelhaus eingedrungen war, kehrten die Unterhaltungen ziemlich schnell wieder zurück zur Normalität.

Dann waren seine Brüder aufgetaucht.

Doch damit die Wölfe sich beruhigten, war lediglich nötig gewesen, dass Lara durch den Raum kam und sie willkommen hieß. Es wurde immer noch gemurmelt, aber nur vereinzelt und selten, gedämpft, sobald Lara das jeweilige Rudelmitglied anstarrte und einen Schuss Wolfs-Mojo in seine Richtung sandte.

„Ich muss doch nicht total angespannt sein, wenn sie es unter Kontrolle hat." Alex grinste Lara an. „Es scheint, als hättest du irgendwas darüber gesagt, dass es hier besseres Essen gibt als in der *Diamond Tavern*. Beweis es oder spar dir das", befahl er.

Sie hatten sich den größten verfügbaren Tisch genommen, und während das Essen in Wellen ankam, bewegte sich die Unterhaltung rasch weiter.

„Was hast du jetzt für einen Plan, da das Fieber vorbei ist?", fragte Cooper.

Lara und Alex wechselten Blicke, ehe er leise antwortete. „Ich bleibe noch ein bisschen im Rudelhaus. Wir arbeiten zusammen an einem Projekt."

Ambers Augen wurden groß. Sie zog ein Blatt Papier aus ihrer Handtasche und kritzelte rasch eine Nachricht darauf, die sie über den Tisch Lara zuschob.

Hat das etwas mit dieser Sache zu tun, die wir vor einer Weile besprochen haben?

Alex wollte sich treten. Natürlich. Das war der Grund, weshalb Lara mit Kaylee und Amber herumgehangen hatte.

Nicht, um zu versuchen, Schwierigkeiten zu machen, sondern um zu helfen, sie zu lösen. Er hätte davon ausgehen sollen, dass die Frauen ihm dabei einen Schritt voraus waren.

Lara kritzelte eine rasche Antwort und schob sie zurück, was wirklich klug war, wenn man bedachte, dass die Wölfe so gut hörten. Selbst eine geflüsterte Unterhaltung würde sich ausbreiten wie ein Waldbrand.

Ja. Wir untersuchen das. Ich werde dich so bald wie möglich aufklären.

Lara erwähnte ihr Problem des potenziellen Partner-Alphawolfs nicht, aber es war nur noch ein letzter, der sich festklammerte, und je länger Alex da war, umso schwächer wirkte sein Interesse.

Nicht die Art, wie Alex es gemacht hätte, wenn er es auf eine Frau abgesehen hätte. Wenn sich die Kerle so leicht entmutigen ließen, hatten sie offensichtlich niemanden wie Lara verdient.

Die Unterhaltung ging zu Themen weiter, die ein wenig neutraler waren.

„Wie läuft die Suche nach deinem Bruder?", fragte Alex Amber. Es war der Grund, weshalb die Frau überhaupt erst vor ein paar Jahren in den Norden gezogen war – dass sie ihren einzigen Verwandten aufspüren wollte.

Sie verzog das Gesicht, starrte verloren auf die Pommes in ihren Fingern. „Die letzte Spur hat sich zu nichts verflüchtigt. Ich weiß, dass er irgendwo hier ist, aber es gibt in den Territorien so viele kleine Gemeinschaften, die nicht regelmäßig in Verbindung stehen. Es ist schwierig, herauszubringen, was man als nächstes tun soll."

„Willst du mich nicht mal bei der Wolfs-Hotline nachforschen lassen?", bot Lara an. „Wir haben immer Mitglieder, die sich Zeit nehmen und in die Wildnis gehen.

Sie kommen im Lauf des Winters zu beinahe jedem Dorf und jeder Siedlung."

Amber warf einen Blick auf Alex, Hoffnung stieg in ihren Augen auf. „Ich glaube ..."

Verdammt. Er fragte sich, ob seine Animositäten gegenüber Lara früher im Jahr Amber dazu gebracht hatte, zu zögern, dieses Hilfsangebot anzunehmen.

Nein, er hatte Lara nicht vertraut. Früher. Aber obwohl ihm Wölfe immer noch nicht geheuer waren und auch noch irgendetwas Großes im Hintergrund drohte – wenn sie sagte, sie könne helfen, dann meinte sie es auch ernst.

Er neigte den Kopf zu einer persönlichen Zustimmung zu Amber.

Ihre Augen leuchteten, und ihr Lächeln wurde breit. Sie nickte ihrer Freundin fest zu. „Ich wüsste das zu schätzen. Ich kann dir all seine Informationen übermitteln, wenn wir heute Abend heimkommen."

Lara nickte, dann hob sie kurz eine Hand und entschuldigte sich vom Tisch. „Tut mir leid, Leute. Ich muss mich um was kümmern."

Sie begab sich zur anderen Seite des Raumes, wo zwei Wölfe einander heftig anfunkelten. Lara verschränkte die Arme vor der Brust und neigte den Kopf auf eine Seite, hörte sich den einen Kommentar an, dann den anderen, ehe sie leise etwas entgegnete.

Alex sah zu, während die Anspannung verflog, und die beiden Männer sich die Hände schüttelten, anstatt mit den Fäusten aufeinander loszugehen, wie er es aufgrund ihrer vorherigen Haltung erwartet hätte.

Lara brauchte fast zwanzig Minuten, um zum Tisch zurückzukehren, nicht nur, weil sie sich um Schwierigkeiten kümmerte, bevor sie sich zusammenbrauen konnten, sondern weil die Wölfe sie ehrlich zu mögen schienen und reden wollten.

Es ergab überhaupt keinen Sinn, aber diese Erkenntnis löste etwas in Alex aus, beinahe ... Stolz. Sie sprach an vielen Tischen mit Leuten, nickte beruhigend, als ein paar besorgte Blicke auf die Bären geworfen wurden.

Ein Lachen trieb von ihr herüber, und sie schauten einander in die Augen. Sie zwinkerte, und sein Gefühl der Erheiterung wurde größer. Es war, als würde sie sagen, dass es okay wäre, dass er in ihrem Revier war, und noch mehr, dass es ihr gefiel.

Jemand legte *Teddy Bears' Picnic* auf der Anlage auf.

Lara schaute immer noch her, ihre Mundwinkel krümmten sich nach oben, während sie kurz die Augen verdrehte und die Schultern zuckte, als ob sie sagen wollte, dass das nur Wolfsschalk war.

Alex beugte sich vor und unterbrach die Unterhaltung. „Entschuldigt uns, die Damen, ich brauche meine Brüder kurz mal für ein paar Augenblicke."

James küsste rasch Kaylee, ehe er von der Bank glitt. Cooper musterte Alex neugierig, trat aber auch vor.

Amber wedelte beiläufig mit der Hand, doch ihre Augen wurden groß, und ihre Wangen rot, als Alex sich auszog und seine Kleider ordentlich auf dem Stuhl neben ihr drapierte.

James schnaubte amüsiert, aber einen Augenblick später war er auch nackt.

Cooper kniff sich in den Nasenrücken, verzog das Gesicht, während er hinter Kaylees Stuhl trat, sich auszog und so rasch verwandelte, dass er sich beinahe in seinen Kleidern verhedderte.

Auf der anderen Seite des Zimmers lachte Lara offen,

als Alex sich umdrehte und vor ihr salutierte, ehe er sich seinen Brüdern in Bärengestalt anschloss.

Die Wölfe machten ihm Platz, als Alex nach vorne trottete, wo er Lara mitten auf der Tanzfläche traf.

„Du bist zu albern", erklärte sie, lachte sogar noch mehr, als er sich auf die Hinterfüße stellte und die Hände ausstreckte, als würde er auf einen Walzer warten. „Auf keinen Fall, Liebling. Da musst du nur eine falsche Bewegung machen, und ich wäre platt."

Doch als er wieder auf alle viere ging, schlang Lara die Arme um seinen Kopf und tanzte auf der Stelle mit ihm, während er die Vorderpfoten hin und her bewegte. Rechts von ihnen lachte Kaylee aus ganzem Herzen, während James sich auf den Holzboden setzte und die Pfoten im Takt mit der Musik schwang.

Cooper? Er blieb reglos, während Amber an seiner Seite stand. Die kleine Menschenfrau bebte in ihren Stiefeln, blieb aber beschützend wachsam, als wäre sie bereit, jedem eine zu verpassen, der zu nahe kam. Was wirklich witzig war, wenn man bedachte, dass Cooper in seiner Bärengestalt war, und darum eine einzelne Pfote beinahe so groß war wie ihr Kopf. Ein leichter Schubs würde jeden Angreifer wegfliegen lassen.

Etwas Erstaunliches und Glückliches trat in Alex' Herz. In diesem kurzen Augenblick war er kein Sicherheitsexperte oder Verteidiger seiner Familie – er war einfach Alex. Hatte Spaß und entspannte sich mit Freunden und Familie.

Doch noch während sie alle auf diese völlig unerwartete Art spielten, wusste Alex trotzdem noch genau, was los war und wo die Gefahren lauerten. Und alles, was er nicht sehen konnte, etwa die Tür in seinem Rücken, hatte Lara im Blick. Sie hatte es unter Kontrolle.

Die Musik änderte sich. *Let me be your Teddy Bear* ertönte, und ein heulendes Gelächter kam unter allen anwesenden Wölfen auf. Einige von ihnen verlegten sich auch auf Pelz und drängten auf die Tanzfläche, um sich der Party anzuschließen.

Es wurde weiter getanzt.

16

Lara hatte sich in dem übergroßen Schaukelstuhl im äußeren Bereich des Gemeinschaftsraums zusammengerollt. Ein Buch lag auf ihrem Schoß, die Finger zwischen den Seiten, weil sie in der letzten Stunde denselben Absatz immer wieder gelesen hatte.

Der Herbst war offiziell da, und es war kühl genug, um im Kamin ein Feuer anzuzünden. Ein paar Dutzend Rudelmitglieder waren in dem Raum versammelt und genossen einen ruhigen Abend.

Alex war irgendwo unterwegs, was an sich schon entschieden faszinierend war, wenn man darüber nachdachte. Obwohl er schon vor Wochen hätte gehen können, war er geblieben, bis der letzte Besucher, den Crystal eingeladen hatte, aufgegeben hatte, indem er gut gelaunt Alex auf den Rücken geklopft und nicht mal versucht hatte, nahe genug an Lara zu kommen, um ihr zum Abschied die Hand zu schütteln.

Seit dieser Zeit blieb Alex, und obwohl sie sich jeden Morgen für seine Ankündigung bereit machte, dass er mit seinem Leben weitermachen und zur nächsten Sache übergehen musste, war sie optimistischer, dass sie sich ihm irgendwann in Zukunft mit dem Vorschlag nähern könnte, ihre Beziehung auszubauen.

Ihre Wölfin hatte es aufgegeben, mit ihr zu reden, angeekelt davon, dass sie nicht einfach herausrückten und die Karten offen auf den Tisch legten.

Aber das würde sie ihm nicht antun. Der unfassbar intime Kontakt, den sie in den letzten Wochen gehabt hatten, bedeutete, dass sie Alex' Aufrichtigkeit zu schätzen gelernt hatte. Wenn er sein Wort gab, gab er es hundertprozentig. Sie konnte ihm vertrauen, und das war gut, aber das bedeutete auch, dass er ihr vertrauen können musste.

Sie hatten diese Sache angefangen, indem sie gesagt hatten, dass es keine Erwartungen und keine Folgen geben würde, und ganz gleich, wie weh es tat, sie würde sich an diese Abmachung halten.

Vielleicht würde sie ihm einen oder zwei Monate geben, um diese Sache mit der Freundschaft auszukundschaften, aber dann würde sie die Idee einer echten Beziehung wieder auf den Tisch bringen, und sie würde auf das beharren, was sie wollte – aber nicht jetzt. Das wäre nicht richtig.

Ihre Sinne prickelten einige Sekunden, ehe Alex durch die Tür kam, als wäre sie immer noch für seine Annäherung sensibilisiert. Er winkte den paar Typen, mit denen er geredet hatte, zum Abschied, dann wandte er sich ohne zu zögern ihr zu und kam durch das Zimmer marschiert.

Lara lächelte zu ihm auf. „Hast du dich verirrt?"

Sie keuchte, als er sie hochhob, sie elegant herumdrehte und sich auf den Sessel setzte, sie sanft auf seinem Schoß drapiert. „Nein. Ich weiß genau, wo ich zu jedem Augenblick war."

Ein Kichern grollte aus Alex heraus. Wie hatte sie denken können, er wäre steif und unnachgiebig?

Sie hatte aber auch schon immer gewusst, dass er unglaublich sexy war, und als er das Kinn neigte und seine Lippen auf ihre drückte, ignorierte sie alles und genoss allein den Augenblick.

Ein dumpfes Geräusch erklang – ihr Buch fiel auf den Boden, aber ihre Finger waren in seinen Haaren, und er schmiegte sie an sich, während er sich im Schaukelstuhl zurücklehnte und seine Zunge um ihre tänzeln ließ, sodass ihre Sinne schwanden.

„Geht in ein Zimmer", rief jemand, aber außer einem belustigten Kichern kam von der versammelten Schar nichts als Akzeptanz.

Lara zog sich zurück, um in seinen erheiterten Blick zu schauen. „Du ruinierst meinen Ruf."

„Ich sehe keinen Grund zu dieser Annahme. Küssen im Gemeinschaftsraum hat nichts damit zu tun, deinen Status als die härteste Kriegerin im Raum anzukratzen." Sein Blick fiel auf ihre Lippen. „Wir sollten es vielleicht noch einmal versuchen, nur um sicherzugehen."

Widerstand war zwecklos. Sie lehnte sich fester an ihn und erwiderte begeistert den Kuss, während sie im Geiste die Frage durchging, wie bald sie ihn aus dem Sessel zerren und tatsächlich der Anweisung folgen könnte, in ihr Zimmer zu gehen, um mehr zu tun als nur zu küssen.

Alex war derjenige, der sich das nächste Mal zurückzog, und leise genug sprach, sodass die Musik, die über ihnen aus Lautsprechern kam, eine ziemliche Anstrengung erforderlich gemacht hätte, um selbst die Wölfe im Raum mithören zu lassen. „Ich habe etwas gefunden."

Einen Augenblick lang kamen seine Worte nicht an. Dann, während sie sich schon versteifte, strich er mit der

Hand über ihren Rücken und hob warnend eine Augenbraue.

O mein Gott, er hatte irgendwo im Rudelhaus herumgeschnüffelt und tatsächlich etwas gefunden. „Beweise?"

Er krümmte die Nase. „Etwas, das deiner Unterschrift bedarf. Keine Daten, nur diese Seiten, darum sagt es nur aus, dass etwas vorgeht, aber nicht, was."

Die Entspannung, die sie einen Moment vorher empfunden hatte, war weg, als ein Gefühl der Vorsehung sie traf. Es war gut, dass er etwas gefunden hatte, denn das musste aufgeklärt werden, bevor etwas passierte, aber verdammt sollte sie sein, wenn sie sich nicht die Tage zurückwünschte, in denen sie mit ihm im Bett gelegen hatte, ohne einen Plan zu haben, außer, einander glücklich zu machen.

Nur dass sie das auch glücklich machte. Das Rätsel zu lösen und eine Lösung finden zu können, bedeutete das Ende dieser Unsicherheit.

Sie richtete sich behutsam auf. „Dann passiert das wirklich. Ich muss zur Tat schreiten."

„Jetzt mach bitte nicht vorschnell", warnte er sie. „Sprich mit deiner Schwester. Frag sie, was los ist, und gib ihr die Gelegenheit, es richtigzustellen."

Lara spürte, wie etwas in ihr sich vor Erheiterung bog, und ein tiefes Gefühl, dass es richtig war, kam in ihr auf, als sie seinen Vorschlag hörte. „Toll. Du hältst mir meine eigenen Worte vor."

„Die waren schon immer ziemlich klug", gab er dümmlich zu. „Ich dachte mir, weshalb sollte ich überhaupt versuchen, deine Perfektion noch besser zu machen?"

Er holte tief Luft, legte eine Hand auf ihr Herz. Drückte sie, während sie ihren Mut zusammennahm.

„Ich kann das", flüsterte sie. „Das zu tun, ist das Richtige."

„Du kannst alles", stimmte er zu.

Er küsste sie heftig, nichts von der Verspieltheit von vorhin war geblieben. Es war intensiv und mächtig, und ein so großes Versprechen, wie sie es noch nie zuvor bekommen hatte.

Als sie von seinem Schoß stieg und die Schultern straffte, erhob er sich und stellte sich an ihre Seite, wartete geduldig.

Lara marschierte durch das Zimmer, wo ihre Schwester hinter einem riesigen Chefschreibtisch aus Eiche saß. Anders als der Arbeitstisch im Büro war dieser nur zur Einschüchterung und als feste Präsenz gedacht. Es spielte keine Rolle, dass Crystal derzeit auf der Tischfläche ein Puzzle machte, dieser Ort rief: *Ich habe die Verantwortung, hier wird nicht gestört.*

Lara hielt vor dem Schreibtisch inne, die Füße breit aufgestellt, die Fäuste auf der Hüfte. „Crystal."

Ihre Schwester wedelte mit der Hand, als würde sie eine Fliege verscheuchen. „Ich bin beschäftigt."

Lara beugte sich vor, legte die Hand auf den leeren Platz, der im Puzzle noch übrig war, und hielt Crystal vom Weitermachen ab. „Ich habe etwas gehört, das mir Sorgen bereitet, und ich würde gerne darüber sprechen. Würde es dir was ausmachen, wenn wir irgendwo hingehen, wo wir unter vier Augen sind?"

Ein unhöfliches Schnauben kam von ihrer Schwester. Crystal lehnte sich in ihrem Sessel zurück und schaute Lara von oben bis unten an, ohne einen Seitenblick für Alex zu erübrigen. „Ach, Schätzchen. Du willst Privatsphäre? Ups, tut mir leid. Das ist nicht die Art der Wölfe. Wenn du etwas zu sagen hast, sag es genau hier vor allen anderen."

Es fühlte sich nicht richtig an. Lara warf einen Blick auf Alex und dann zurück zu Crystal. Die Worte waren eine Herausforderung, als würde sie versuchen, einen Streit vom Zaun zu brechen. „Warum machst du das?", murmelte Lara leise.

Crystal schoss hoch. „Weil ich ein Wolf bin. Und weil ich die Alpha bin, und weil es passieren muss. Was ist denn dein Problem?"

Lara hatte es versucht. Sie hatte es wirklich versucht, aber es schien ihre einzige Option zu sein, sich über ihre Schwester hinwegzusetzen.

Sie holte tief Luft. „Mein Problem ist, dass du irgendetwas im Schilde führst. Vermutlich etwas Illegales, das argwöhne ich zumindest. Aber ich hoffe verdammt nochmal, dass du das nicht tust. Dass du das Orion-Rudel nicht in irgendwas hineinziehst, das uns zerreißen wird. Darum, wo wir das schon auf die Art der Wölfe machen, wie wäre es, wenn du meine Verdachtsmomente hier und jetzt auflöst und erklärst, was diese Papiere sind, die meine Unterschrift für irgendeine Art Deal brauchen, von dem ich nicht einmal etwas weiß?"

„Du bist nicht sehr vertrauensselig, oder?", fuhr Crystal sie an.

Sie hatten die Aufmerksamkeit eines jeden Wolfs im Raum, während weitere durch die offenen Türen hereintrudelten. Macht strömte von Crystal aus, aber Lara konnte sich mehr als nur dagegen behaupten.

Zorn und Frust gaben ihr die Möglichkeit, mit ihrer Macht dagegen zu halten. „Ich weigere mich, dieses Rudel in irgendeine kriminelle Aktivität verwickeln zu lassen. Ich entscheide mich, die richtige Entscheidung für unsere Zukunft zu treffen."

„Aber du bist hier nicht diejenige, die das Sagen hat,

oder?" Crystal trat hinter ihrem Schreibtisch hervor. „Ich bin in letzter Zeit mit dir mehr als nur geduldig gewesen. Ich glaube, es ist an der Zeit, dass du still bist und dich in die Ecke setzt. Nimm deinen Teddybären mit – er ist das perfekte Plüschtier, um dem kleinen Mädchen Gesellschaft zu leisten."

Glaubte ihre Schwester wirklich, ein paar Beleidigungen würden dafür sorgen, dass ihr Temperament mit ihr durchging? Hier ging es um so viele Dinge, die so viel wichtiger waren.

Und obwohl Alex etliche Gründe hatte, angepisst zu sein, hielt auch er sein Temperament erstaunlich gut in Schach. Tatsächlich, als sie ihn anschaute, sah sie dort Zustimmung. Sogar Ermutigung. Er verschränkte die Arme vor der Brust und funkelte Crystal an.

Alle Ereignisse des letzten sechs Monate kamen zusammen, nahmen Schwung auf, bis es zu diesem Augenblick führte. Lara musste entscheiden, ob sie bereit war.

Sie hatte keine andere Wahl.

Sie hob das Kinn und schaute Crystal direkt in die Augen. „Ich lasse dich das nicht tun, Schwester ..."

„Du willst mich aufhalten?"

„Ja."

Ein paar murmelnde Stimmen im Hintergrund wurden kurz lauter, ehe sie wieder ruhig wurden, jedes Augenpaar im Raum richtete sich auf sie, während die Macht anschwoll.

„Also forderst du mich heraus. Ich habe mich schon gefragt, ob dieser Tag jemals kommen wird." Crystal warf einen Blick über die Schulter, und aus dem Nichts erschien Tante Amethyst an ihrer Seite. Ihr platinblondes Haar mit Lilastich war elegant frisiert, ihr Brillenrahmen passte genau dazu. Ihr ordentliches Golfshirt sah recht offiziell aus, bis man bemerkte, dass das Logo zwei Wölfe in einer kompromittierenden Position zeigte.

Zusammen marschierten die beiden in die Mitte des Raumes, stellten sich direkt vor Lara auf.

Mit hämmerndem Herzen stellte Lara sich etwas breitbeiniger hin. Das musste getan werden, und es war das Richtige. Das hieß aber nicht, dass es ihr gefallen musste.

Sie versucht es ein letztes Mal. „Wir müssen das nicht tun. Du kannst eine andere Wahl treffen.“

„Aber ich mag genau diese Wahl“, sagte Crystal leise, wandte den Blick niemals von Lara ab. „Ernenne deinen Sekundanten, damit wir anfangen können.“

Das Schweigen, das in den letzten paar Augenblicken geherrscht hatte, brach und das ganze Rudel hob die Stimme, als Alex vortrat und ihre Hände ineinander verschränkte.

17

Alex hatte keine Ahnung gehabt, dass Wölfe so schreckliche Geräusche von sich geben konnten.

Lara drückte ihm die Finger und ließ dann los, straffte die Schultern, während sie sich ihrer Schwester stellte und auf den Kampf vorbereitete.

Wut legte sich auf Crystals Züge, während sie einen abwertenden Blick in Alex' Richtung warf. „Er ist ein Bär. Such dir jemand anderen."

Der Befehl wurde mit der Macht eines Kommandos geschleudert, doch die Frau an seiner Seite zuckte locker die Schultern, als würden sie nicht direkt vor dem mächtigsten Wolf im Raum stehen.

„In den Regeln gibt es nichts, was dagegen spricht, dass ich jemand anderen als einen Wolf nehmen kann, um mir den Rücken zu decken. Ich wähle ihn. Ich *will* ihn."

Der Ansturm reiner Freude, der durch Alex' Adern strömte, hätte mehr Spaß gemacht, wenn nicht die Möglichkeit des Blutvergießens im Raum gestanden hätte. Es war, als hätten Laras Worte sie fest aneinandergebunden, ein unsichtbares Band, das kundtat, was sie in den letzten Wochen herausgefunden hatten. Sie waren gut zusammen, und in diesem Fall war er bereit, an ihrer Seite zu stehen.

Die Alpha des Orion-Rudels wandte ihren harten Blick zu ihm. „Du kannst anbieten, ihr Sekundant zu sein. Es ist empörend, und außerdem hast du keine Ahnung, was du da versprichst. Das ist eine *Wolfs*angelegenheit.“

Ärger bahnte sich einen Weg durch das Pulsieren zwischen ihm und Lara. Er funkelte Crystal an. Zunächst einmal sagte ihm niemand, was er zu tun und zu lassen hatte.

Und dann war das auch noch Schwachsinn.

Er sprach laut und deutlich, seine Worte schafften es durch den Lärm, den die Mitglieder veranstalteten. „Vielleicht kenne ich nicht alle eure Bräuche, aber ich glaube Lara. Ich glaube ihr, wenn sie sagt, dass sie nur das Beste für das Rudel will, und das schließt auch ein, das Beste für dich zu wollen. Wenn du eine anständige Schwester wärst, würdest du zuhören, denn sie liebt dich verdammt innig. Aber ganz gleich, was als nächstes passiert, ich bin bereit, an ihrer Seite zu stehen. Sie zu unterstützen und an ihrer Seite zu kämpfen, und wenn es bedeutet, mit ihr zu trauern, weil du nicht mehr da bist, dann sei es so.“

Scheinbar unbeeindruckt verdrehte Crystal die Augen. „Und da heißt es, Wölfe seien blutrünstig.“ Sie grinste, zeigte die Zähne. „Du meinst also, du würdest sie vertreten und für sie kämpfen?“

„Das braucht sie nicht. Sie kann ihre eigenen Kämpfe austragen, denn sie ist stark und klug, aber sie hat alle Unterstützung, die sie braucht.“

Er musste alles aufbieten, um zurückzutreten. Alex blieb wachsam und stellte sich so hin, dass er nicht mehr Wache über der Frau stand, die er liebte ...

Verdammt nochmal. Er liebte sie.

Habe ich dir gesagt, murmelte sein Bär glücklich.

Ja, ja, prahl später. Wir sind gerade etwas beschäftigt.

Fünf Schritte vor ihm entfernt ahmte Tante Amethyst seine Handlungen nach, trat zur Seite, um Lara und Crystal allein zu lassen. Dicht genug, dass sie ohne Zweifel die Entfernung blitzschnell überbrücken und sich vor ihn oder sonst jemanden stellen könnte, der es darauf anlegte, sich einzumischen.

Er funkelte sie an, wütend, dass sie bereit war, zuzulassen, dass die Schwestern ...

Tante Amethyst zwinkerte.

Langsam und absichtsvoll, begleitet von einem Zungenschnalzen, das ihn verwirrt zurückzucken ließ. Mit keinerlei Anspannung im Körper verschränkte die ältere Frau die Arme, dann wandte sie ihre Aufmerksamkeit der Herausforderung mitten im Raum zu.

War das irgendeine Art Nachricht oder ein verräterisches Spiel? Der zeitliche Ablauf ließ es verdächtig wirken.

Nur dass es in den Geschichten, die Lara ihm erzählt hatte, so war, dass sie ihre Tante mochte – bis auf die Nikotinsucht der Frau. Tatsächlich ließ Amethyst niemandem arschiges Verhalten durchgehen, und das war etwas, was Lara bewunderte.

Macht schwoll um ihn herum an, und seine Aufmerksamkeit richtete sich wieder auf Lara. Er nutzte seine periphere Sicht, um den Rest des Rudels im Auge zu behalten, aber sein Blick war nach vorne gerichtet.

Es ging eine Menge Hokuspokus vor, und nichts davon spielte sich auf der körperlichen Ebene ab.

Obwohl Alex klar war, dass zum Dasein als Shifter Magie gehörte, folgten Eisbären bis auf die Verwandlung von Mensch zu Tier ziemlich haargenau menschlichen Traditionen, um ihre Hierarchien festzulegen. Hin und wieder war derjenige, der einen Kampf gewann, derjenige, der sich am längsten auf den anderen setzen konnte, was vielleicht auf körperliche Kraft hinwies, aber genauso oft gehörte Gerissenheit dazu wie bei Opa.

Aber bei Wölfen? Körperliche Kraft hatte einen Anteil, doch die verrückte Macht der Dominanz war um ein verdammtes Stück wichtiger, und genau jetzt bekam Alex einen Platz in der ersten Reihe, um genau zu beobachten, was das hieß.

Crystal und Lara standen sich direkt gegenüber, starrten einander nieder. Macht strahlte von beiden aus, lud die Luft mit Energie auf, als wäre im Raum ein Gewitter gefangen. Das herrische Benehmen wirkte auf ihn nicht sonderlich, doch während das Grollen im Raum zu- und abnahm, war es offensichtlich, dass die übrigen Rudelmitglieder genau wussten, wer zu jedem konkreten Zeitpunkt die Oberhand hatte.

Laras Macht hatte einen anderen Geschmack als die ihrer Schwester. Die von Crystal fühlte sich scharf und beinahe traurig an, aber als Lara sich vorbeugte, sich gegen eine unsichtbare Kraft zur Wehr setzte, tränkten üppige Zitrusdüfte die Luft. Es kam zu einem weiteren leuchtenden, erfrischenden Ausbruch, und Crystal zuckte zurück.

Auf alles vorbereitet wartete Alex, falls er sich verwandeln und jemanden davon abhalten musste, einzugreifen. Aber es schien, als würde dieser Kampf nicht mit Reißzähnen und Pelz ausgetragen, sondern stattdessen völlig durch diese unsichtbare Darstellung von Laras nicht zu unterwerfender Willenskraft.

Denn es war eindeutig, dass sie gewann. Nicht nur

dadurch, dass sie aufrechter dastand, stark und entschlossen, sondern dass das Rudel anfing, ihren Namen zu murmeln. Sie senkten das Kinn, ihre Augen leuchteten.

Crystal stolperte einen halben Schritt zurück und duckte sich, als hätte sie Schmerzen.

Lara zögerte, und das pure Ausmaß der Energie im Raum ließ ein wenig nach. Alex wollte sie warnen, aufzupassen und sicherzugehen, dass sie sich nicht verletzlich machte.

Sie hat das im Griff, versicherte ihm sein Bär. *Die Wölfin ist freundlich.*

Solange sie nicht verletzt wird, erklärte er seiner Bestie.

Unsere Wölfin ist mutig und klug.

Alex wollte nicht widersprechen. Nicht, wenn der Beweis direkt vor ihm stand.

Sie hielt eine Hand zur Seite, als würde sie ihn warnen, nichts zu tun, dann schwang sie die Hand in die Richtung ihrer Schwester. Kurz blitzte Macht auf, füllte jeden verfügbaren Winkel im Zimmer.

Lara richtete sich zu ihrer vollen Größe auf. Crystal zog sich zusammen, und ... etwas veränderte sich.

Der prickelnde, elektrische Geschmack der Luft im Raum wandelte sich zu etwas Beruhigendem. Sanft und fürsorglich, als wäre jeder in eine warme, schützende Decke gewickelt.

Im ganzen Zimmer ließen sich Wölfe auf Sofas fallen und entspannten sich auf dem Boden, so etwas wie der bewundernde Blick eines Welpen trat auf ihre Gesichter, während sie Lara anstarrten, obwohl Alex nicht sicher war, ob er ihnen das hätte sagen wollen.

Crystal stand noch, doch ihr Kinn war gesenkt, und ihre Muskeln bebten, als hätte sie einen Marathon hinter sich.

Eine Sekunde. Noch eine, dann trat Lara vor und nahm ihre Schwester an der Hand. „Gib auf."

Crystal holte tief Luft, und einen schrecklichen Augenblick lang dachte Alex, sie würde mit allem, was sie noch hatte, ein letztes Mal angreifen.

Stattdessen warf sie die Arme um ihre Schwester, Tränen strömten über ihr Gesicht, während sie keuchte: „Sie sind dein. Ich gebe auf. Danke."

Während der festen Umarmung klopfte Lara ihrer Schwester auf den Rücken und drehte sich, damit sie Alex anschauen konnte. Eine Falte entstand zwischen ihren Augenbrauen, und sie formte lautlos ein Wort in seine Richtung. *Danke?*

Alex zuckte mit der Schulter. Es schien keine gute Erklärung zu geben. Und im Raum war eine Menge los, was ihn ablenkte.

Wölfe traten vor, um sowohl Crystal zu umarmen, als auch Lara ihre Treue darzubieten. In den meisten Fällen war das ein fester Händedruck, aber manchmal auch eine Umarmung und ein paar Küsse auf die Wange.

Alex war nicht sicher, was er davon halten sollte, aber dieses eine Mal hielt sein Bär sich mit seinem Urteil zurück, falls das irgend so eine Wolfs-Sache war.

„Keine Sorge. Sie beanspruchen sie auf völlig andere Art, als du es dir vorstellst."

Tante Amethyst stand vor ihm, der Geruch nach Rauch stieg so heftig von ihr auf, dass ihm Tränen in die Augen traten.

Er schaffte es, sich vom Husten abzuhalten, aber seine Stimme war trotzdem tiefer als gewöhnlich. „Haben Sie schon mal darüber nachgedacht, diese Pflaster auszuprobieren, und wovon reden Sie da?"

Sie neigte den Kopf zurück zu dem Chaos nur ein paar

wenige Schritte entfernt. „Lara ist die neue Alpha. Sie gehört uns, und wir gehören ihr, aber ich glaube, es ist immer noch Platz für Sie. Brauchen Sie nur nicht zu lang. Es ist immer besser, solche Sachen ordentlich festzumachen."

Er beäugte die Frau und fragte sich, ob es unhöflich gewesen wäre, sie wegzubeißen. „Wieso zum Geier geht Sie das etwas an?"

Laras Tante verzog das Gesicht. „Interessant ..."

Ein Schnauben entwich ihm, ehe er es verhindern konnte. „Ich habe gehört, dass Sie diesen Ausdruck nutzen, wenn sie eine *Meinung* haben."

Sie wirkte erfreut. „Also habt ihr auch geredet, und nicht nur rumgemacht. Das wird für die Zukunft eine Menge helfen." Sie beugte sich leicht zu ihm. Er lehnte sich zurück, um nicht im Rauchgeruch unterzugehen. „Vertrauen Sie mir, wir haben das schon eine Weile geplant. Sobald der Staub sich verzieht, werden Sie alles verstehen."

Was ziemlich gut wäre, denn genau jetzt war das Einzige, was er verstand, dass Lara definitiv am Ende ihrer Begrüßungszeremonie ankam, und er wollte an ihrer Seite sein.

Okay, er wusste auch, dass er irgendeinen Ort mit mehr Privatsphäre suchen wollte, damit er sich ganz versichern konnte, dass für sie hundertprozentig in Ordnung war, was gerade geschehen war.

Er wollte ihr auch die Kleider vom Leib reißen und fiese, schmutzige Dinge mit dir anstellen, denn Teufel auch, diese Machtdemonstration war heiß gewesen.

Hmmm. Es schien, als hätte er eine ziemlich lange To-do-Liste, und er hätte gerne so bald wie möglich damit angefangen.

„Vielleicht sollten wir das später beenden", schlug er Tante Amethyst vor.

„Kein Problem. Nur eines ... Sie wissen, dass ich normalerweise keinen Rat von Wildfremden annehme. Aber wenn Sie die Dinge richtig anstellen, und wir am Ende tatsächlich verwandt sind, dann könnte ich vielleicht diese Sache mit dem Pflaster in Erwägung ziehen." Sie wedelte mit der Hand in der Luft. „Alle mal ein Stück zurück, und lasst uns etwas Platz. Wir müssen noch den einen oder anderen Mist erledigen, also sucht euch mal alle was zu tun."

Wölfe huschten weg, um aus dem Weg zu gehen, verschwanden in den Gängen, während die alte Frau Crystal, Lara und Alex in das Büro des Rudels führte.

„Setz dich", befahl Tante Amethyst Lara, während sie auf den Sessel hinter dem Schreibtisch deutete.

Lara hob eine Augenbraue. „So viel also zu der Vorstellung, dass niemand die Alpha herumkommandierst."

„Pah. Ich kommandiere dich nicht herum. Ich kümmere mich nur um die Einzelheiten."

Sie schnappte sich einen Ordner oben aus einem Aktenschrank und breitete ein Dutzend Blätter auf dem Schreibtisch vor Lara aus.

Lara schaute darauf, ihr klappte langsam der Mund auf. Sie begegnete Alex' Blick, ehe sie sich ihrer Schwester zuwandte. „Papiere zum Machttransfer. Die sind für das Rudel?"

Crystal zitterte immer noch, als wäre sie von einer Macht getroffen worden, die jedes bisschen Energie direkt aus ihr herausgesaugt hatte, aber ihr Grinsen war purer Schalk. „Menschen akzeptieren die Erklärung nicht, dass ‚ihr Wolf mächtiger ist als meiner', wenn es um den Zugriff auf Bankkonten geht. Das alles gibt dir die rechtliche

Kontrolle über das Rudel und alles, was mit Midnight Inc. zu tun hat, das ich zur Herrschaft genutzt habe."

Langsam machte sich Verständnis breit. „Ihr hattet das sehr lange geplant", sagte Alex, der einen Blick auf Laras Schwester warf.

Crystal nickte, immer noch offensichtlich stolz auf sich, während sie auf einem Stuhl zusammenbrach. „Tut mir leid. Meine Beine tragen mich im Augenblick nicht." Sie schaute hinüber zu Lara, Stolz lag in ihrer Miene. „Ich wusste, dass du stark genug warst, um alles zu übernehmen, und nachdem ich das Rudel fünfzehn Jahre lang geführt habe, bin ich bereit, etwas anderes zu tun. Aber wenn ich einfach nur abgedankt hätte, hättest du ein Dutzend weitere Herausforderer gehabt – das ist mir passiert, als Mom und Dad mir die Herrschaft überließen. Du warst vermutlich zu klein, um dich zu erinnern, wie nervig das war, aber ich sah keinen Grund, weshalb du diesen Schwachsinn mitmachen solltest. Ich wusste, dass du sie hättest schlagen können, aber jemand hätte verletzt werden können."

„Dadurch, dass es im Geheimen geschah, bestand weniger Risiko des Blutvergießens ..." Lara nickte langsam. „Das erklärt einige Dinge, die ich mitgehört habe. Einige der Gerüchte, die nach außen drangen, haben Alex nach Informationen über eine feindliche Übernahme schnüffeln lassen."

Crystal entwich ein Fluch, und ihr Kopf fuhr herum, um Alex entgeistert anzustarren. „O mein Gott, dachtet ihr, wir würden versuchen, Borealis Gems etwas anzutun? Nein. Überhaupt nicht. Ich würde niemals davon träumen, etwas zu tun, das meiner Schwester schadet, weil das Ziel ihr Part..."

Sie bekam im gleichen Augenblick einen Hustanfall, in

dem auch Lara hustete.

Tante Amethyst verdrehte die Augen und knallte den beiden Frauen Wasserflaschen hin. „Die Damen, wenn ihr euch noch ein paar weitere Minuten zusammenreißen könntet, Alex und ich müssen bezeugen, was immer unterzeichnet werden muss."

Es dauerte ein paar Minuten, die Stifte herumzureichen, aber am Ende war ein Stapel Papiere am Rand des Schreibtisches drapiert.

„Ich bringe die gleich morgen Vormittag zum Anwalt", bot Tante Amethyst an. „Jetzt entschuldigt mich. Ich muss mal eine rauchen, bevor ich mir den Arsch abfreue."

Sie stürmte ohne einen Blick zurück aus dem Büro.

Crystal stand auf und stellte sich auf zittrigen Beinen hin, lächelte ihre Schwester wohlwollend an. „Wenn du mich fragst, wirst du deine Sache toll machen."

„Du wirst ja auch da sein, um es ihr zu sagen, falls ich Fehler mache", erklärte Lara. „Aber bitte nutze dazu Wörter, keine Geräusche wie *hmmmm*."

Ihre Schwester lachte, schüttelte dann aber den Kopf. „Ich werde nicht hier sein. Ich habe dir gesagt, dass ich bereit bin, etwas Neues zu machen, und dazu gehört ... ich bin jemandem begegnet, und die Paarbindung war da."

Lara quietschte vor Begeisterung, dann schlug sie Crystal auf den Arm. „Raus damit. Wie kommt es, dass du es mir nicht verraten hast?"

„Manchmal halten Leute ihre Partner geheim, weil es einen guten Grund gibt. Oder zumindest glauben sie, dass es einen guten Grund gibt." Crystal grinste. „In meinem Fall ist sie eine Puma-Shifterin aus einem Clan in Montana. Sie kann nicht auswandern, darum ziehe ich nach Süden. Ich konnte offensichtlich nicht sagen, dass ich weggehe, bis wir die Macht übertragen hatten."

Lara warf einen Blick auf Alex, ihre Wangen gerötet, ehe sie sich wieder an Crystal wandte. „Ich bin ihr begegnet, oder nicht? Sie hat mir eine Nachricht gebracht, als ich im Spa war."

„Sie mag dich. Du wirst die Gelegenheit erhalten, sie bald zu treffen, das verspreche ich. Jetzt muss ich los und ihr sagen, was passiert ist." Crystal neigte höflich den Kopf. „Falls das für meine Alpha in Ordnung ist?"

Lara stieß ein Seufzen aus, das zur gleichen Zeit befriedigt und erschöpft klang. „Es ist in Ordnung für deine *Schwester*, die dich sehr liebt. Jetzt raus mit dir."

Zu Alex' großem Entsetzen blieb Crystal vor ihm stehen, starrte mit einer erhobenen Augenbraue zu ihm empor. Schätzte ihn ein. Begutachtete ihn.

Schnüffelte, was ihn dazu brachte, die Augen zu verdrehen.

Sie grinste Lara schief an, dann drehte sie sich um und überraschte ihn mit einer Umarmung, drückte ihn fest, ehe sie ihm auf den Rücken klopfte, genauso fest wie James oder Cooper es getan hätten.

„Du bist okay", erklärte Crystal, ehe sie aus dem Raum schlüpfte und unsicher durch den Gang ging.

Wölfe sind komisch, bemerkte sein Bär. *Außer unserer.*

Alex kicherte. *Ich sage dir das nicht gerne, aber unsere ist auch komisch. Aber das ist schon in Ordnung.*

Denn diese Seltsamkeit war, was sie einzigartig und mächtig machte, sie genau zu der machte, mit der er ewig zusammen sein wollte.

Dass sie Alpha des Orion-Rudels wurde, war nicht die einzige Veränderung in Laras Zukunft, denn Alex hatte vor, zu tun, was immer nötig war, bis sie ihn auch akzeptierte. Sie würden am Ende zusammen sein, als Paar.

Dauerhaft und vollkommen.

18

Es war Jahre her, dass das Orion-Rudel die Führung gewechselt hatte. Lara war erst acht gewesen, als Crystal von den vorherigen Alphas übernommen hatte, ihren Eltern. Sie hatte an diese Zeit wenige Erinnerungen, aber es schien, als gäbe es genug Alte im Rudel und Wolfsinstinkte, um den Übergang nicht nur nahtlos zu gestalten, sondern auch schnell.

Eine Stunde nach ihrer Version eines Western-Showdowns starrte Lara ihre neuen Wohnräume im Rudelhaus an. Es war nicht annähernd so luxuriös wie das *Shimmering Delights*, aber sie hatte eine Wohnung mit zwei Schlafzimmern und einem privaten Wohnzimmer. Die ganze Suite war auf dem größten Stockwerk, damit alle Rudelmitglieder leichten Zugang hatten, war aber so gebaut, dass sich ein herrlicher Anblick in drei Richtungen bot.

Lara starrte auf den Fluss hinaus, durch ihre Adern floss immer noch Macht.

Hände landeten sanft auf ihren Schultern, strichen ihre

152

Arme hinab, während Alex sich an sie lehnte und die Wangen an ihre drückte. „Du vibrierst ja beinahe.“

„Ich habe noch niemals so viel Macht auf einmal benutzt“, gab sie zu. „Normalerweise hätte ich gleichzeitig einen Kampf ausgetragen, was dabei helfen würde, einen Teil des Adrenalins abzubauen. Ich bin so nervös, dass ich glaube, Koffein würde mich beruhigen.“

Sie drehte sich auf der Stelle und schlang ihm die Arme um den Hals.

Er berührte sie mit der Nase. „Ihr Wölfe seid seltsam. Gib es zu.“

Obwohl sie ihm zustimmte, wollte sie ihm nicht noch mehr Munition geben. „Du wolltest doch sagen, dass Wölfe genial sind, oder zumindest meine Schwester ist es.“

„Okay, sie ist klug. Aber sie hat auch Glück, dass du dominanter warst. Der ganze Plan hätte nach hinten losgehen können.“

„Vielleicht.“

Nur das Alex nicht wusste, dass es ein paar Einzelheiten gab, die sie und Crystal übergangen hatten. Obwohl Crystal gefährlich nahe daran gekommen war, die Katze aus dem Sack zu lassen, als sie Partner erwähnt hatte.

Natürlich hatte Crystal von der Paarbindung zwischen Lara und Alex gewusst. Lara trat sich geistig, weil sie nicht daran gedacht hatte, dass ihre Alpha es riechen würde, wenn schon sonst nichts.

Was den Kampf betraf, hatte Lara sich nicht nur verteidigt, sondern auch für ihr Rudel und ihren Partner etwas richtiggestellt. Das hatte sie zumindest geglaubt. Crystal hatte eigentlich nicht mehr an der Macht bleiben wollen, außerdem zog sie die Liebe zu ihrer Partnerin in die Ferne.

Die mysteriöse Shifter-Macht hatte gewusst, dass die

Beste, um die Verantwortung zu übernehmen, Lara war. Und mit mysteriösen Kräften spielte man nicht herum.

Aber jetzt hieß das, dass es Dinge gab, um die man sich kümmern musste, darunter, ihre Beziehung mit Alex neu aufzusetzen. Je eher sie neu anfingen, desto schneller würde sie vortreten und ihn richtig in ihr Leben einladen können.

Sie nahm sein Gesicht mit den Händen und tätschelte ihm sanft die Wangen. „Erstens, danke für das, was du da getan hast. Dafür, dass du zu mir gestanden hast, aber mich doch meinen eigenen Kampf hast austragen lassen. Das war …“

Aus irgendeinem Grund bekam sie einen Kloß in der Kehle, während sie darum kämpfte, die richtigen Worte zu finden. Es war großartig und bewundernswert, und ihr Wolf heulte dabei vor Verlangen, ihn die ganze Zeit hier zu haben.

Lara holte tief Luft, dann versuchte sie es noch einmal. „Einfach, danke dir.“

Seine Lippen krümmten sich zu einem Lächeln. „Gern geschehen, Süße.“

Sie ließ die Hände an die Seiten fallen und trat zurück. Es war Zeit, und es zu verlängern, würde nicht dazu führen, dass die Trennung weniger wehtat. „Das Rätsel ist gelöst. Borealis Gems ist sicher, und du bist mit deinem Paarungsfieber durch. Ich schätze, es gibt keinen Grund mehr für mich, dich zu quälen und dich noch länger im Rudelhaus zu halten.“

Das Lächeln blieb, aber das Licht in seinen Augen erlosch leicht. „Du hast gerade ein größeres Zimmer bekommen, und ein größeres Bett. Scheint ein dämlicher Zeitpunkt, um mich rauszuwerfen.“

O Gott, das würde eine Qual werden.

Sie versuchte es noch einmal, aber bevor sie mehr als

ein paar unbeholfene Worte hervorbrachte, nahm Alex sie an den Händen und zog sie durch das Zimmer zum Sofa, das der Wand mit den Fenstern gegenüberstand.

Die Sonne war schon vor langer Zeit untergegangen, aber auf dem Wasser tanzten blinkende Lichter. Entlang des Zauns waren ein Dutzend Haken angebracht, wo Rudelmitglieder ihre Kleider zurücklassen konnten, und selbst jetzt gingen Teile ihrer Familie fröhlich nach draußen und wechselten zum Pelz, um zu laufen und zu jagen und das Leben zu genießen.

Ein Heulen stieg in der Luft auf, im Tonfall lag Glück. Es war das Geräusch eines zufriedenen Rudels, das wusste, dass sie eine mächtige Alpha hatten, die für sie die Verantwortung trug und sich um sie kümmerte und ihr Bestes wollte.

Gott, das war der wundervollste Moment ihres Lebens, und doch starb sie innerlich.

Sie brauchte ihren Partner.

Sein großer, schöner Kopf schob sich zwischen sie und die Landschaft. Dunkle Augen musterten sie behutsam. „Es gibt da etwas, das ich dir sagen will, und du musst dir alles anhören, bevor du mich unterbrichst."

„So schlimm? *Interessant* ..."

Er schnaubte so fest, dass er husten musste. Lara musste ihn auf den Rücken klopfen, bis er sich beruhigt hatte.

„Auf der Liste der Dinge, über die wir später reden ... also, deine Tante Amethyst ist schon so eine Nummer."

„Das ist sie wirklich."

Alex nahm Laras Finger, starrte ihre Hand an, während er mit dem Daumen über die Fingerknöchel rieb. „Als ich dich aufgespürt habe, weil ich das Paarungsfieber hatte, habe ich geschworen, dass diese Verpflichtung nur eine Woche geht, und nicht mehr. An dieses Versprechen werde ich mich halten, denn es ist das Richtige, und ich weiß, dass du damit beschäftigt bist, dich daran zu gewöhnen, die neue Alpha zu sein. Ich habe mir gedacht, ich sollte dir etwas Zeit geben, bevor ich irgendwas durcheinanderwerfe. Ich habe gedacht, ich würde dir ein paar Monate geben, bevor ich dich um ein Date bitte, aber dann hatte mein Bär eine andere Meinung ..."

O mein Gott. Wenn es ihr möglich gewesen wäre, eine Lösung vorzuschlagen, wäre es diese gewesen. Lara drückte ihm die Finger auf den Mund, um die Worte aufzuhalten, die in einem schnellen Strom herauskamen. „Du willst, dass wir auf Dates gehen? In ein paar Monaten?"

„*Ich* dachte, in ein paar Monaten, aber mein Bär glaubt, wir sollten morgen anfangen. Teufel, er findet irgendwie, dass wir einfach nur genau jetzt weitermachen sollen, aber was ich dir sagen will, ist ..."

Laras Wölfin war höchst aufmerksam geworden. *Sein Bär ist klug. Hör auf den Bären. Machen wir es jetzt.*

Still, bitte, sagte Lara rasch. *Die Menschenseite hat die Verantwortung für das Timing, obwohl ich dir zustimme.*

Alex holte tief Luft und straffte die Schultern, als würde er in einen Kampf ziehen. „Lara, ich will nicht, dass du ausflippst, und das liegt nicht am Paarungsfieber, aber verdammt, du bist eine Wucht. Du bist freundlich und bedacht, und du kannst dich durchsetzen. Teufel, du kannst dich gegen mich durchsetzen. Ich war am Anfang unserer gemeinsamen Zeit gewissermaßen von dir beeindruckt, und nun am Ende bin ich mir nicht ganz sicher, wie ich ohne dich überleben sollte."

Worte kamen ihr nur langsam. Ihr Herz hämmerte so wild, dass ihr ganzer Körper vibrierte, und die Macht, die sie vorhin gewirkt hatte, war wie ein winziges Staubkorn verglichen mit dem Druck, der sich in ihrem Herzen bildete. „Ich auch. Ich meine, die Art, wie ich zu dir stehe, hat sich in den letzten paar Wochen verändert. Ich habe dich bewundert, und ich wollte dich, aber jetzt ist er mehr. Mehrere Ebenen. Und es ist nicht nur so, weil das Schicksal es so bestimmt hat."

Alex stieß ein erleichtertes Seufzen aus. Er senkte kurz das Kinn. „Dann können wir in ein paar Wochen miteinander ausgehen."

Süßer, unschuldiger, dummer Bär. Nun, da der Wolf auch nur den Hauch einer Ahnung hatte, dass er Interesse hatte, würde sie seinen felligen Hintern nicht aus ihren Klauen lassen. „Nein. Dein Timing ist furchtbar."

Seine Augen gingen weit auf. „Also gut dann. Ein paar Monate ..."

Sie glitt vom Sofa und landete auf seinem Schoß, die Beine zu beiden Seiten seiner Hüfte. Ihre Hände gingen zu den oberen Knöpfen seines Hemdes. „Dein Bär hatte schon die richtige Vorstellung. Nicht nächste Woche, nicht morgen, sondern jetzt."

„Wirklich?" Große Hände packten sie an den Hüften und hielten sich fest, als würde er sie niemals wieder loslassen. „Verdammt, ja."

Sie beugte sich vor, um ihm den Rest zu erzählen, aber seine Lippen streiften ihre, sanft und weich. Nur der Geist einer leichten Berührung, die aber so viel mehr versprach.

Er erhob sich, küsste sie immer noch, während er sie zu dem übergroßen Bett bugsierte. Das Hemd fiel ihm von den Schultern, als sie es zur Seite schob, ihre Hände griffen nach unten, um am Knopf und dem Reißverschluss seiner Jeans zu arbeiten.

Alex' Hände waren auch da, halfen, ihre Kleider auszuziehen und zur Seite zu werfen, bis er auf der

Matratze über sie kriechen konnte, nackte Haut an nackter Haut.

Er hielt inne, starrte auf sie hinab, seine dunklen Augen funkelten im trüben Licht vom Nachttisch. Er strich ihr mit den Fingern durch die Haare, breitete sie auf dem tief weinroten Kissen aus. Dann schüttelte er den Kopf, seine Muskeln und seine stetige Kraft sanft an sie gedrückt, als wäre sie zerbrechlich.

„Ich wollte warten, aber vielleicht hat mein Bär auch mit diesem Teil recht."

Seine Augen ...

Oh, seine Augen waren voller Verwunderung, und seine Miene verehrend, als würde er sich ein Wunder ansehen.

„Lara? Ich liebe dich."

Aufregung schoss durch sie hindurch, so fest, dass sie sie in jeder Zelle ihres Körpers spürte. „Ernsthaft?"

Er strich ihr sanft über die Wange. „Ich verlange nicht, dass du das erwiderst. Nicht, bis du bereit bist, aber nur, damit du es weißt, ich habe vor, wie wild daran zu arbeiten, dass du genauso empfindest ..."

„Du bist mein Partner", gab sie zu. „Mein vom Schicksal bestimmter Partner, also, das ist so ein Wolfs-Ding. Ich wusste es schon seit Monaten, aber das ist nicht das Wichtigste, denn ich liebe dich auch."

Hoffnung mischte sich mit Verwirrung. „Du weißt schon seit Monaten, dass ich dein Partner bin, und hast niemals etwas gesagt?"

Sie verzog das Gesicht. „Wir waren nicht gerade Busenfreunde."

Alex wirkte entsetzt. Er rollte sich von ihr herab und setzte sich hin. „Du hast gewusst, dass wir Partner sind, als du mich mit den Handschellen ans Geländer gefesselt hast?

Ich meine, als ich ein Idiot war und versucht habe, dich hereinzulegen, damit du mir vertraust, und als du mich dann mit Handschellen an das Geländer gefesselt hast, wie ich es auch verdient hatte?"

„Ja, aber könnten wir nicht zurück dahin gehen, wo wir vor einem Augenblick waren, du auf mir, und wir wollten gerade ..."

Alex kniff sich in den Nasenrücken und schüttelte den Kopf, als würde sein Gehirn sich im Kreis drehen, und er wollte, dass es sich beruhigte. Dann hob er traurig den Kopf, seine Hände griffen nach ihren „Jetzt ergibt es einen Sinn. Es gab so viele Gelegenheiten, bei denen ich nicht verstanden habe, was zum Teufel los war, und warum du mich nicht einfach platt gemacht hast, aber das lag daran, dass du keine Brücken einreißen wolltest."

Sie bemühte sich, ihr Lächeln zu unterdrücken. „Es ist etwas schwierig, zu versuchen, jemanden zu überzeugen, dass man eine ganze Ewigkeit wert ist, wenn man denjenigen immer wieder im Schwitzkasten hält."

„Aber das ist nicht alles, oder?" Er hob sie hoch, und plötzlich saß sie nackt auf seinem Schoß, seine Finger strichen ihr zart über das Schlüsselbein und ihre Schulter und den Oberarm hinab. „Ich habe Geschichten gehört. Dass du wusstest, dass ich dein Partner bin, und du nicht bei mir sein konntest – Himmel, das muss dich doch umgebracht haben."

„Ich war ziemlich glücklich, das Paarungsfieber mit dir teilen zu können, selbst wenn es nicht für immer war", gab sie zu.

Die Hitze, die in seinen Augen aufstieg, sagte alles. „Ich schwöre, das mache ich wieder gut", versprach er. „Für jeden dieser Monate, die du unter Schmerzen verbracht hast, werde ich dir zehnmal so viel Vergnügen verschaffen.

Für jeden Monat, in dem dein Wolf einsam war, werde ich dir jahrzehntelang ein Gefährte sein."

Angenommen, rief ihre Wölfin. *Unterzeichnet, besiegelt und ausgeliefert, bitteschön.*

Lara kicherte.

Alex hob eine Augenbraue.

Sie drückte ihm eine Hand auf die Brust und rückte näher. „Meine Wölfin würde gern wissen, ob wir diesen Antrag mit etwas mehr als einem Handschütteln besiegeln können."

„Mit Vergnügen."

Er übernahm die Kontrolle und ging dazu über, jeden Quadratzentimeter ihres Körpers zu küssen, glitt über die Matratze und drapierte sie, wie es ihm gefiel, bis sie vor Verlangen bebte und am Rand eines Abgrunds zitterte.

Natürlich zog er sich genau dann zurück, seine Augen wurden groß, als er auf sie hinabstarrte, wo er sie festgenagelt hatte, sein Schwanz direkt über ihrem Eingang. „Mir ist gerade etwas klar geworden."

Lara kreischte, ihre Fäuste hämmerten auf seine Schultern. „O mein Gott, ich bringe dich um. Sex jetzt, Erkenntnisse später."

„Nein, das ist wichtig", beharrte Alex. „Siehst du, beim Paarungsfieber wusstest du bereits, dass wir Partner sind. Genau wie dein Wolf und mein Bär, was heißt, die ganze Nummer, du weißt schon, *alle müssen einverstanden sein?* Der einzige Hinderungsgrund, dass wir richtige Partner wurden, war ich."

Darüber hatte sie noch nicht so nachgedacht. „Und ...?"

Eine stetige Hüftbewegung nach vorne brachte seinen Schwanz mit ihr in Kontakt, und als er in ihren Körper glitt, geschah etwas Magisches.

Vollkommenheit schmiegte sich dicht um sie herum,

angenehm und doch bindend auf eine Art, dass ihr klar war, dass sie niemals einsam oder getrennt sein würden, ganz gleich, wie groß die Entfernung zwischen ihnen war. Lust schoss ihr Rückgrat empor, strahlte in ihre Glieder aus und prickelte an ihrem Hinterkopf.

„Als James und Kaylee das Paarungsfieber erlebten, akzeptierte er es und spürte die Möglichkeit sofort, aber sie nicht. Erst, als sie die Bindung annahm, wurde sie auch wahr." Alex bewegte sich nun in ihr, eine intime Verbindung, während er die Lippen an ihr Ohr legte und flüsterte: „Ich wähle dich. Ich will dich. Ich *liebe* dich."

„Ich liebe dich auch ..."

Er legte den Mund auf die Krümmung ihrer Schulter. Ein scharfer Schmerz brannte durch sie hindurch, als er zubiss. Worte verflogen, und ein blendendes Licht füllte den Raum. *O mein Gott, das passiert wirklich.*

Alex stöhnte, seine Hüfte pumpte, bis auch er kam. Mit durchgebogener Wirbelsäule, einen erfüllenden Schrei auf den Lippen. Er senkte sich sanft herab, ihre Brust und seine hoben und senkten sich, ihre Körper bebten vor Befriedigung.

Lara konnte sich nicht mehr zurückhalten. *Bitte sag mir, dass du das hörst,* dachte sie zu Alex.

Er schoss hoch, starrte sie erstaunt an. *Lara?*

Ihren Namen in ihrem Kopf gesprochen zu hören, mit jedem Zwischenton und völliger Verwunderung, war das i-Tüpfelchen. Sie schlang die Arme um ihn und nutzte den Schwung, um sie beide zu drehen, sodass er auf dem Rücken lag und sie oben kniete. Dann warf sie die Arme in die Luft und jubelte vor Glück.

Gleich danach legte sie ihm die Hände auf die Brust und sprach wieder auf die Art, wie es gepaarte Wölfe machten. Privat und intim, und völlig vollkommen. *Sieht aus, als seien wir gepaart, Schatz.*

Sein Lächeln war riesig, sein Glück offensichtlich. *Was heißt, du sitzt mit mir fest.*

Sie lachte, das Geräusch stieg immer höher und stärker auf, während ihr klar wurde, was das hieß. „Sieht aus, als säßen ein paar andere auch mit dir fest", erklärte sie. „Willkommen beim Orion-Rudel, Alex Borealis."

Freude füllte jeden Winkel in ihr aus, als seine Miene sich zu Entsetzen verzog, während Alex klar wurde, was das Schicksal ihm genau zugedacht hatte.

Er würde sich von jetzt an für immer mit Wölfen herumschlagen müssen.

19

Im Geiste der Zusammenarbeit hielten sie ihre Paarungsfeier in der Highschool ab. Die Wölfe sorgten für das Essen, die Bären brachten den Alkohol. Die örtlichen Behörden stimmten zu, die Augen bei jedwedem Klamauk zuzudrücken, solange sich alle von den Straßen fernhielten, was, wenn man Alex fragte, eine völlig vernünftige Bitte war.

Sie hatten einen Monat lang gewartet, damit die Dinge sich ein wenig beruhigen konnten, und der Winter war in Yellowknife angekommen. Der Oktoberwind blies kühl über die Schneewehen, aber im Inneren der Sporthalle der Schule war es warm und gemütlich, der Geruch nach gutem Essen hing in der Luft.

Das Gefühl von seinem Arm um Laras Taille kam verdammt nahe an Perfektion. Er hatte sich daran gewöhnt, hinter ihr zu stehen, wo immer sie sich hinstellte, und schloss sich ihr still an, während sie mit dem Rudel plauderte oder sich mit Leuten aus den Diamantminen unterhielt. Er musste nicht vorne im Mittelpunkt stehen, aber der Teil, bei dem er sich wie der Größte vorkam, war, wenn sie ganz leicht näher rückte, sich an ihn lehnte und entspannte, als müsse sie sich keine Sorgen machen, ihre eigene Großartigkeit auszupacken, wenn er da war.

Obwohl sie das immer noch tat, sich bewegte wie der Blitz, wenn es vom Rudel gefordert wurde. Denn sie war seine Ninja-Kriegerin, die bis ins Innerste großartig war.

Er tat es jetzt, ging vor und glitt hinter Lara in Position, während sie mit Tante Amethyst plauderte. Heute war das Outfit der älteren Frau in leuchtendem Orange mit auffallenden violetten Highlights. Es hätte mit ihrer Haarfarbe fantastisch ausgesehen, nur dass sie sie neu gefärbt hatte, und zwar jetzt leuchtend rot, sodass sie sich mit ihrem orangen Schal bissen.

Das reichte aus, um einen Bären blind zu machen, aber Lara hatte sich entspannt an ihn gelehnt, darum war in seiner Welt alles in Ordnung.

Er nickte Amethyst höflich zu. „Tante. Du siehst heute besonders schick aus.“

Die ältere Frau schniefte zart, dann grinste sie breit. „Hör doch auf, du Unruhestifter. Du hast das Outfit für mich gekauft, und das weißt du auch.“

Lara warf ihm einen überraschten Blick zu. „Das hast du?“

Er grinste, weil er sie überrascht hatte. „Habe ich. Ein Geschenk im Austausch für ein Versprechen.“ Er streckte der Tante eine Hand entgegen. „Zeig es mir.“

Sie gab ihm ihr Handgelenk und zog den schmalen Ärmel ihrer Jacke nach oben, um die Nikotinpflaster zu zeigen, die ihren Arm zierten. „Mit meinem Wolfsstoffwechsel hoffe ich, du weißt, dass ich der Apothekerin unten im Shoppingcenter mit meinen letzten Hamsterkäufen eine Heidenangst eingejagt hatte.“

Er beugte sich vor und küsste sie auf die Wange. Der

Geruch nach kaltem Rauch war verschwunden, hatte stattdessen ein sehr viel angenehmeres Aroma hinterlassen, wie der Wind über dem Schnee. „Hab heute Abend Spaß, Tante. Aber pass bloß mit dem da auf." Er deutete durch den Raum auf einen älteren Herrn, der mit der Krücke auf den Boden tippte und begierig alle alleinstehenden Frauen anlächelte, die vorbeikamen. „Er ist ein Charmeur."

Tante Amethyst richtete sich auf, ersetzte eilig die Begeisterung der gierigen Jägerin durch Gleichgültigkeit. „Nun, ich würde es hassen, dass sich jemand auf eurer Party langweilt. Man sieht sich."

Sie verschwand.

Lara verschränkte die Finger in seinen, während sie zu einer anderen Ecke des Raums marschierten. *Bitte sag mir, dass du sie nicht auf jemanden angesetzt hast, der sich nicht verteidigen kann.*

Es war so toll, dass er über ihre Paarbindung antworten konnte, anstatt zu flüstern. *Der alte Jenner ist ein Grizzly und beinahe so groß wie ich. Vertrau mir, er kann auf sich aufpassen.*

Sie blieben dort stehen, wo Crystal und ihre Partnerin mit Opa und Oma plauderten. Es hatte eine Weile gedauert, aber sein Bär war nicht mehr völlig beleidigt wegen des unhöflichen Benehmens und der Kommentare des alten Mannes über Lara.

Crystal und Chantelle waren so verliebt. Es war wunderschön, das zu sehen.

Lara legte eine Hand auf die Schulter ihrer Schwester. „Ihr beiden bleibt ein paar Tage, ja?"

Crystal nickte. „Es wird schön sein, Zeit im Rudelhaus zu verbringen, ohne dass man herumschleichen muss, damit uns niemand sieht."

„Wir können eine Woche bleiben, dann muss ich

zurück an die Arbeit. Aber ihr seid alle eingeladen, uns jederzeit besuchen zu kommen", bot Chantelle an. Ihre dunklen Haare waren zu einem fluffigen Pferdeschwanz zurückgebunden, und sie drehte sich auf ihrem Stuhl, um Oma Laureen anzusehen. „Meinem Clan gehört eine Menge Land, und wenn Sie im Winter kommen, können Sie Skifahren. Im Sommer gibt es eine Menge schöner Gebiete zum Laufen. Außerdem werden wir nächstes Jahr ein Spa eröffnen, falls Sie daran Interesse haben, Mrs. Borealis."

Alex' Großmutter nickte begeistert. „Ich bin keine große Skifahrerin, aber ich mag heiße Bäder und Laufen und auf jeden Fall das Spa. Giles und ich sind in ein paar Wochen zum Spa in dieser Gegend unterwegs. Ich weiß nicht, ob sie davon gehört haben. *Shimmering Delights?*"

Chantelle lächelte. „Es wurde womöglich ein- oder zweimal erwähnt."

Oma Laureen seufzte glücklich. „Wir haben eine ganze Woche gebucht. Ich hatte gehofft, wir würden es im August dorthin schaffen, aber Giles musste unsere Reservierung in letzter Minute absagen. Der große Salon ist so wunderbar. Und das Essen ist fantastisch."

Opa schaute plötzlich überallhin, nur nicht auf Alex und Lara. Rutschte herum, als wäre seine veränderte Haltung etwas, das ihn unsichtbar machte. „Na, sieh doch mal einer an", sagte er und deutete durch das Zimmer.

„Ihr hattet im August eine Reservierung?" Lara sprach freundlich, aber sie hatte offensichtlich mitbekommen, was auch Alex' Aufmerksamkeit auf sich gezogen hatte. „Wie enttäuschend, dass ihr diesen Ausflug verschieben musstet."

Oma winkte ab, bevor sie Opa in den Arm stieß. „Hör auf, herumzuzappeln wie ein Zweijähriger. Ich habe keine Ahnung, warum er manchmal so ist", sagte sie verschwörerisch zu ihnen, direkt vor ihm. „Es ist, als wäre er so abgelenkt, dass er sich einfach nicht mehr länger als ein paar Minuten konzentrieren kann. Ich glaube, ich muss seine Dosis mit grünem Blattgemüse erhöhen. Gehirnnahrung, ihr wisst schon."

Alex lachte laut. „Auf jeden Fall. Ich höre, Grünkohl und Spinat sind toll für das Gedächtnis."

Dein Großvater hasst Grünkohl, teilte ihm Lara erheitert mit, bevor sie laut das Schicksal besiegelte. „Rosenkohl auch, Oma Laureen. Ganz wichtig. Er sollte ganz viel von diesen Gemüsesorten essen."

Alex drückte Laras Taille, dann entschuldigten sie sich, und er zog sie weg und ging rasch mit ihr in den Gang.

Sie schafften es gerade noch zu einem Ort mit etwas Privatsphäre, bevor sie in wildes Gelächter ausbrachen.

„O mein Gott, das Einzige, was Opa mehr hasst als Grünkohl, ist Rosenkohl."

Lara wischte sich die Tränen ab. „Ich weiß. Und vielleicht war das ein bisschen gemein, aber o mein Gott, *er* war es. Er hat es irgendwie so hingedreht, dass ich in das Spa komme."

„Du weißt noch nicht mal die Hälfte. Ich hatte mich ins Rudelhaus geschlichen und die Information gefunden, dass du im Spa sein würdest, aber das wusste er nicht. Darum hat er mich angerufen um mich dir hinterhergeschickt, als gerade das Fieber bei mir einsetzte."

Lara blinzelte. Ihre Erheiterung ließ leicht nach, während sich Verwirrung einstellte. Dann schlug sie ihm fest auf den Arm. „Alex Borealis, du hast dich ins Rudelhaus geschlichen? Was war denn das für eine Nummer?"

„Eine geniale?", versuchte er es. Sie funkelte weiter. „Hey, schau mich nicht so an. Ich habe mich erfolgreich hinein- und herausgeschlichen, ohne dass mich einer deiner Wölfe erwischt hätte. Ich glaube, das bedeutet, dass ich vermutlich bei der Frage, wer die bessere Security hat, vorne liege."

Sie rümpfte die Nase.

„Ich verspreche, ich werde nicht prahlen." Er stahl sich rasch einen Kuss. „Ich werde nicht allzu viel prahlen", berichtigte er sich.

Ein bellendes Kichern entwich ihr, doch Lara schlang die Finger um seinen Arm, und sie gingen zurück in die Sporthalle.

„Da sind sie ja."

„Die Ehrengäste müssen ihren Platz einnehmen."

„Schnell, wir wollen die Show sehen."

Alex geleitete Lara durch die begierige Versammlung der Wölfe und setzte sie auf einen der Klappstühle, die vorne und in der Mitte warteten, verziert mit Ballonen und Luftschlangen.

Sein Bruder James trat vor und legte ihm eine Schärpe um den Hals. „Ich schätze, du brauchst was Besonderes, damit man dich identifizieren kann."

Alex schaute nach unten. Es gab einen Pfeil, der zur Seite deutete, über den Worten *Gepaart mit dieser schönen Frau.* „Es ist toll, Bruder. Ich werde es stolz tragen."

Sein Bruder legte eine weitere über Laras Kopf, dann trat er zurück. Weit zurück, weit genug, dass es Alex unmöglich war, ihn zu schlagen, als er die Worte auf Laras Schärpe las. *Ich sitze mit ihm fest.*

Er funkelte seinen Bruder an. „Pass bloß auf, oder ich nutze meine überlegenen Ermittlertalente, um herauszufinden, welche Kosenamen dir deine Partnerin gibt, und ich werde mit dieser Information etwas Verheerendes anstellen."

Ein paar Reihen entfernt rief Kaylee: „Macht dir mein süßes Pelzbaby etwa Ärger, Alex?"

„Da hast du's. Überlegene Ermittlertalente, check." Lara lehnte sich über die Stuhllehne und deutete auf ihre Schwägerin. „Sie *sind* süß. Du meinst, wenn sie in ihrer Eisbärengestalt sind, richtig?"

„Auf jeden Fall. Ich meine, sie sind groß und beeindruckend, aber auch so verflixt süß. Ich will ihn einfach nur die ganze Zeit knuddeln."

Alex wechselte einen Blick mit seinem Bruder, sie seufzten beide schwer. „So viel dazu, dass wir die gefürchteten Jäger des Nordens sind."

James zuckte mit den Schultern. „Ich schätze, so ist es besser. Es wird mehr gekuschelt."

Lautes Klatschen erklang von der Seite, als Tante Amethyst nach vorne kam, wobei sie den älteren Gentleman-Bären, mit dem sie herumgeknutscht hatte, mit glücklichem Grinsen im Hintergrund zurückließ. „Okay, Jungvolk, versammelt euch. Wir haben ein paar selbstgedrehte Filme, von denen wir dachten, sie würden zur heutigen Party passen."

Stühle rückten und Stimmen senkten sich, als die bunte Schar ihre Plätze einnahm.

Alex verschränkte die Finger in die von Lara, den Arm um ihre Schulter gelegt, um sie dicht bei sich zu halten. „Familienfilme. Dir ist klar, wenn ich irgendwo sehe, wie du auf einem Bärenfell liegst, bin ich ziemlich beleidigt."

Gelächter stieg vom Rudel auf, aber Lara war diejenige, die leise in seinen Gedanken sprach. *Ich kann mich irgendwie erinnern, dass ich in letzter Zeit auf einem Bärenfell gelegen habe. Ganz nackt.*

Verdammt. Er hätte nichts sagen sollen. Jetzt würde der ganze Abend unbequem werden, bis er sie überzeugen konnte, dass es an der Zeit war, zurück in ihre Privatgemächer zu kehren.

Oder vielleicht konnte er sie überzeugen, dass sie sich mal die Besenkammer hier in der Schule anschauten.

Jemand dimmte das Licht und stellte eine Bluetooth-Verbindung her. Als gerade der Projektor anlief, spazierte Mac der Kater vorbei und glitt vor dem Licht vorüber, um einen riesigen monströsen Schatten auf der Leinwand zu erzeugen.

Die Wölfe heulten und die Bären klatschten. Mac funkelte sie hochnäsig an, ehe er langsam, ganz langsam wegging.

Der Hintergrund des Videos war Musik mit einem ansteckenden Rhythmus, und Alex tippte mit den Zehen, bis ihm klar wurde, was auf dem Bildschirm vor ihm los war.

Es war er, der auf Lara zulief. Er war von Kopf bis Fuß schwarz gekleidet, und sie hielt Mac, und innerhalb weniger Augenblicke wurde ihm klar, dass er eine Videoaufzeichnung ihres Treffens vor der Schule sah.

Teile davon liefen schnell vorwärts, aber jede Einzelheit der wichtigsten Augenblicke wurde wiederholt in Zeitlupe abgespielt.

Als Lara ihn herumwirbelte und zu Boden schleuderte, kam ein gemeinsames *Ohhhhh* von den versammelten Wölfen, und ein „toll gemacht" von Amber.

Und das war noch nicht das Ende. Die nächste Szene war Lara im Rudelhaus, ihre Miene glücklich, während sie etwas aufschrieb und auf dem Schreibtisch zurückließ. Dann wurde sie ganz aufmerksam, bewegte sich wie die Ninja, die sie war, zur Tür. Der Bildschirm teilte sich, und plötzlich war sie auf einer Seite, glitt wie ein Geist zu einer Stelle, wo sich ein Schatten über den Boden legte. Die andere Hälfte zeigte ihn, den Rücken an der Wand, wie er sich auf die Stelle zubewegte, wo sie ihn unweigerlich finden würde.

Der Bildschirm teilte sich erneut, und dieses Mal zeigt ein drittes Video den Gemeinschaftsraum des Rudelhauses, wo Tante Amethyst auf ihrem Sofa saß, eine große Schale Popcorn im Schoß. Sie beobachtete sie beide auf ihrem Fernseher. Als klar wurde, dass Lara kurz davor stand, ihn zu entdecken, verdrehte Tante Amethyst die Augen und hielt absichtlich die Schale Popcorn zur Seite, ehe sie sie losließ, wobei sie die Hände an den Mund legte und um Hilfe schrie.

In der Zwischenzeit war Alex ins Büro geschlüpft und hatte seine Information gefunden.

Er seufzte schwer, als die Kameras seinen ganzen Weg zurück durch den Gang verfolgten, hinauf zum Speicher, und weg vom Rudelhaus.

„So viel dazu, ein Super-Ermittler zu sein", sagte er trocken.

Lara schnaubte. „Mich haben sie auch erwischt", erklärte sie.

Er packte ihre Finger fester, und es war ihm eigentlich egal, dass er auf Kamera gebannt worden war, denn letztlich war das, was sie zusammen hatten, wichtiger.

Außerdem waren sie nun beim wirklich interessanten Teil des Videos angelangt. Zu diesem gehörten eine Menge weiterer nächtlicher Aufnahmen, aber es war ziemlich eindeutig, dass es einen Bären gab, der mitten in der Nacht durch das Rudelhaus streifte.

Einen Eisbären, der am Rudel-Computer saß und sorgsam mit einem langen Nagel Bestellungen bei … Amazon einhackte?

Lara lehnte sich an ihn. „Was machst du da?"

„Nicht ganz sicher", gab er zu. „Gib mir mal kurz."

Was hast du getan?, fragte er seinen Bären.

Um sie geworben. Ich habe dir doch gesagt, dass ich mich um alles kümmern würde, sagte seine innere Bestie stolz.

Und obwohl Onlineshopping die Quelle einiger der Geschenke war, war es Alex in Bärengestalt, der die Forellen hereinschleppte und unbeholfen eine überladene Tasche über den Boden zog, bis er – ausgerechnet – von Crystal aufgehalten wurde.

Sie schüttelte erheitert den Kopf, ehe sie ein Planschbecken aus dem Lagerraum holte. Sie half ihm, sein Geschenk abzuladen, dann schmuggelte sie ihn zurück in Laras Zimmer.

Es schien, als hätten sich mehr als nur ein paar Leute gegen sie verschworen.

Ein kollektives Seufzen des Glücks kam vom Wolfsrudel, und Lara wandte sich ihm mit Liebe in den Augen zu. „Oooh. Die Geschenke waren die ganze Zeit von dir."

„Ich schätze schon", gab er zu. „Ich sollte das meinem Bären anrechnen."

„Dann ist er richtig charmant." Es gab ein weiteres Video, das aus der Zeit stammte, nachdem Lara und Crystal gekämpft hatten, aus den Tagen, als Alex angefangen hatte, die Rudelmitglieder kennenzulernen, mit ihnen gespielt und gesprochen hatte und an den Abenden herumgehangen war.

Es machte Spaß, das anzusehen, und es brachte irgendetwas in Alex' Herz zum Leuchten. Er hatte einen neuen Platz in der Welt. Nicht nur an Laras Seite, sondern auch in der Mitte eines wilden und unbeherrschten Wolfsrudels.

Nicht schlecht für einen geradlinigen Sicherheitsexperten.

Nicht schlecht für jemanden, der vorgehabt hatte, das Paarungsfieber um jeden Preis zu vermeiden.

Er nahm das Glas Whiskey, das sein Bruder im anbot, und starrte auf die bernsteinfarbene Flüssigkeit hinab, die ihn so sehr an die Sprengsel in den Augen seiner Partnerin erinnerte. Der süße Geruch stieg zu seiner Nase auf, und er schaute durch das Zimmer, um festzustellen, dass Opa ihn anstarrte, ein zufriedenes Grinsen auf dem Gesicht des alten Mannes.

Er war manipulativ gewesen, und doch war es genau das gewesen, was Alex gebraucht hatte, um ihm Feuer unterm Hintern zu machen.

Er hob das Glas in die Richtung des Alten. „Ich gebe es zu. Du hattest recht. Danke.“

Opa Giles grinste und hob im Gegenzug das Glas. „Ich dachte mir schon, dass du die Dinge sehen würdest wie ich. Darum war ich nett und habe nicht die Aufnahmen aus der Sicherheitskamera vom Canada Day von dir in diesem Treppenhaus für die Show herausgerückt.“

Alex verschluckte sich an seinem Whiskey. „Bloß nicht.“

Opa legte leicht den Kopf schief, seine Miene war nur einen Schritt von einem großen Grinsen entfernt. „Auf deine glücklich gepaarte Zukunft.“

Alex wusste nicht, ob er lachen oder schreien sollte. Der alte Mann war unmöglich. Irgendwann wollte Alex einmal so verschlagen sein wie er.

Heißt das, dass ich ihn in nächster Zeit nicht zurechtweisen darf?, fragte Lara trocken.

Du kannst ruhig meiner Großmutter alle Vorschläge unterbreiten, die du möchtest, damit ihm mehr Gemüse verabreicht wird, aber ich glaube, wir lassen ihn erst mal *unverletzt. Oma mag ihn, und er ist irgendwie lustig.*

Lara zog Alex auf die Beine und deutete mit einer Hand, als die Stühle weggezogen wurden und die Musik anfing, und die beiden tanzten.

Sie legte ihm den Kopf an die Brust und seufzte zufrieden. „Ich liebe dich, Alex Borealis. Danke, dass du in meine Welt gekommen bist."

„Ich liebe dich auch, Lara Lazuli. Danke, dass du diesem grummeligen Bären dein Herz anvertraut hast."

Für immer und ewig.

Was, wie Alex klar wurde, genauso war, wie es sein sollte. *Meine auserkorene Partnerin.*

EPILOG

Amber saß neben ihren Freunden und lachte über ihre Witze, ehe sie von der Bank glitt und die Einladung zum Tanz von einem weiteren Wolf annahm.

Den ganzen Abend lang hatte sie sich gefragt, wie genau sie vorgehen würde bei dem, was sie tun musste. Es schien ein geeigneter Moment – eine Feier, auf der zwei sehr unterschiedliche Individuen ihre Fähigkeit zeigten, sich zusammenzutun und einander das Leben noch schöner zu machen.

Zu sehen, wie ihre Freundin Kaylee sich verliebt hatte und mit James gepaart worden war, war für Amber ein kleines Wunder gewesen. Nicht, weil sie nicht fand, dass Kaylee ein solches Glück verdient hatte, sondern weil sie es in der Vergangenheit nicht oft erlebt hatte, dicht und nahe an jemandem dran zu sein, der sich verliebte.

Ihre Welt war ganz klein gewesen, mit ihrem Bruder als einzig wahre Familie in den letzten paar Jahren. Als er verschollen war, war sie verzweifelt. Dass man sie auf diese Art in die Borealis-Familie aufgenommen hatte, war so bedeutsam gewesen.

Und nun starrte sie tief berührt, während der grummelige Alex seine Partnerin aufzog, bis Lara ihn mühelos auf den Boden schleuderte. Sie stand da, ihre zehn Zentimeter Absätze auf sein Brustbein gedrückt, die Zähne gebleckt, bis er die Hände zu einer gespielten Niederlage hob und um Gnade flehte ...

Etwas Warmes, Fluffiges, das man nur Freude nennen konnte, regte sich in Ambers Brust.

Eine Hand legte sich kurz auf ihre Schulter. „Alles in Ordnung?"

Amber starrte in Coopers durchdringend blauen Blick, die silbernen Spitzen seiner Haare spiegelten die Farben, die über die Discokugel in der Ecke des Raums tanzten. War alles in Ordnung? Es wäre fantastisch, wenn sie ihren Mut zusammennehmen und einem gewissen Jemand sagen könnte, dass sie alle möglichen nicht sonderlich kollegenhaften Gefühle für ihn hegte.

Allerdings, war er wirklich ihr Kollege, wenn er auch ihr Boss war?

Sie unterdrückte ein Seufzen und setzte stattdessen ein großes Lächeln auf. „Es ist eine klasse Party. Ich freue mich so für deinen Bruder. Deine Brüder ..." Sie drehte sich, um James in ihre Anmerkung aufzunehmen, während er vorbeiwirbelte, Kaylee im Arm. Die beiden drehten sich schneller, als es vermutlich auf diesem beengten Raum angemessen war.

Cooper ließ sich auf dem Stuhl neben ihr nieder, den Blick auf die Tanzfläche gerichtet. „Sie hatten großes Glück. Es war ein gutes Jahr."

Die Musik hämmerte weiter, und Amber drückte die Fersen auf den Boden, um sich davon abzuhalten, im Takt mit zu wippen. Dann überlegte sie es sich noch einmal, denn das war vermutlich die perfekte Gelegenheit, sich bemerkbar zu machen.

Um Cooper Borealis irgendwie wissen zu lassen, dass, obwohl sie nur ein Mensch war, und ja, seine Sekretärin, doch bestimmt irgendeine Möglichkeit bestand, dass sie sich um diese praktischen Schwierigkeiten herum arbeiten konnten, denn er war wirklich der attraktivste Mann, den sie je im Leben gesehen hatte.

Aber darüber hinaus stellte er irgendetwas mit ihrem Herzen an. Im Inneren, wo diese Verbindung zu Familie und Freunden sich danach sehnte, gefüllt zu werden. Coopers Sanftheit sprach sie an, und obwohl es vielleicht nicht die leichteste Beziehung werden würde, glaubte sie, dass es das wert sein würde.

Amber holte tief Luft und nahm ihren Mut zusammen, dann drehte sie sich und stieß hervor: „Würdest du gern tanzen?"

Sie redete mit der Luft.

Leise – unmöglich leise, wenn man seine Größe bedachte – war er neben ihr aufgestanden und hatte sich bereits ein paar Dutzend Schritte durch den Raum entfernt. Seine breiten Schultern schwankten leicht hin und her, die träge tierische Aura seines Bären zeigte sich in seinem menschlichen Gang.

Ein sexy Mann. Ein nerviger, frustrierender, verwirrender sexy Mann.

Jedes Mal, wenn sie den Mut aufbrachte, etwas zu sagen, war es, als würde es sein Radar vorausahnen, und er verschwand. Es war einfach nicht richtig.

Es war teuflisch frustrierend.

Amber Myawayan verschränkte die Arme vor der Brust und musterte den Raum genauer. Es gab Wölfe und Bären und Pumas und Luchse, manche verwandelt und manche als Menschen herausgeputzt. Sie alle feierten. Alle genossen das Leben in vollen Zügen.

Inzwischen starrte am anderen Ende der Turnhalle, die Schultern an die Wand gedrückt, Cooper ins Nichts. Seine Miene war frustriert, seine Schultern hingen herab. Weiter entfernt von einem Mann voller Freude und Glück hätte er nicht sein können.

Er freute sich durchaus für seine Brüder, aber genauso, wie sie dieses fehlende Teil in ihrem Inneren spürte, während sie ihre Freunde beobachtete, die Liebhaber fanden, mit denen sie ihre Tage und Nächte verbrachten, litt bestimmt auch Cooper. Er war bestimmt einsam.

Da kam Amber die plötzliche und wunderbare Erkenntnis, dass sie keine Angst mehr haben musste. Wenn es so bestimmt war, dann würde es genug Gelegenheiten geben, dass sie ihren galanten Bären für sich einnahm.

Außerdem würden ja auch genug Leute helfen ...

Nach zwei Jahren im Norden hatte sie auch das gelernt. Vielleicht war es nicht die Art, wie man die Dinge in der Menschenwelt erledigte, aber sie hatte es hier offensichtlich mit einer anderen Dynamik zu tun, wenn es um Shifter ging, besonders um Eisbären-Shifter.

Amber stand auf, richtete sich ihren Rock und ging behutsam durch die Sporthalle zu einem weiteren Zentrum der Macht.

Oma Laureen war draußen auf der Tanzfläche mit Alex, darum glitt Amber auf den leeren Platz neben dem Familienpatriarchen und wandte sich ihm so nebensächlich wie möglich zu. Ihr Herz hämmerte, noch während sie ihn scheu anlächelte.

Opa Giles hob eine Augenbraue, sein Grinsen wurde langsam breiter, während er ihr Gesicht musterte. „Hallo, Amber. Du siehst aus, als hättest du was auf dem Herzen."

Es war ihre letzte Gelegenheit, einen Rückzieher zu machen, so zu tun, als wäre das nicht der Grund, weshalb sie sich hier herüber begeben hatte, doch sie wollte Cooper viel zu sehr, um zu lügen. Mensch oder nicht, berufliche Schwierigkeiten oder nicht, sie hatten es beide verdient, glücklich zu sein. Sie hatten es beide verdient, herauszufinden, ob ein Zusammensein ihnen helfen würde, dieses Glück zu finden.

Sie nahm ihren Mut zusammen, dann antwortete sie tapfer: „Es gibt da etwas, bei dem ich sehr gerne Ihre Hilfe hätte."

FINDE DIE EINE – SONST KRACHT'S!

Als ihr kuppelsüchtiger, sich ständig einmischender Familienpatriarch dieses Gesetz festlegt, wollen Giles Borealis' drei Eisbären-Shifter-Enkelsöhne Folge leisten. Nur dass James, Alex und Cooper einen ganz anderen Plan haben, um mit ihrem anstehenden Paarungsfieber fertig zu werden. Wird sich einer von ihnen dem Schicksal entziehen können?

Spoiler: sehr unwahrscheinlich!

Borealis-Bären
Die Erwählte des Bären
Die Auserkorene des Bären
Die Gefährtin des Bären

Vivian lässt derzeit ihre vielen Serien übersetzen. Bitte besuchen Sie deren Website für alle aktuellen Informationen.
www.vivianarend.com/de

ÜBER DEN AUTOR

Mit über 3 Millionen verkauften Büchern ist Vivian Arend eine *New York Times-* und *USA Today*-Bestsellerautorin von mehr als 70 zeitgenössischen und paranormalen Liebesromanen.

Ihre Bücher lassen sich alle einzeln lesen und haben keine Cliffhanger. Sie sind witzig, aber auch emotional, es gibt heiße Szenen und glückliche Enden. Für Vivian ist das der beste Job der Welt. Sie lebt in British Columbia, Kanada, zusammen mit ihrem langjährigen Mann – der Inspiration für alle Helden und einem bereitwilligem Gefährten auf Abenteuern aller Art.

https://vivianarend.com/de

www.ingramcontent.com/pod-product-compliance
Lightning Source LLC
Chambersburg PA
CBHW060520220726
48290CB00015B/2312